數到十就親親你
1
作者 Wanklin
(วาฬกลิ้ง)
繪者 KAMUI 7
譯者 胡

目錄

序

野狼與小倉鼠來嘍！

大家手上拿到的作品，是部關於一匹野狼誘騙一隻小倉鼠進入巢穴的動物世界紀錄片……這當然是鋪哏的嘍。故事內容敘述有關納十（Nab Sib）這位披著羊皮的大野狼，與完全不知道情況的小說作家基因（Gene）之間的愛情故事。

在撰寫故事大綱的時候，已經事先把攻方男主角預設成較為年幼的形象，但他掩飾真實的自己，假裝成很聽話的好孩子，所以才會想出納十這個角色。在這之前其實已經設計了好幾種性格，有搞笑的、有孩子氣的，但是最後與基因最匹配的性格，必須是像納十這種有禮貌、個性好的孩子啊（不過實際上卻很狡猾TT）。

感謝所有支持本書的讀者們，很高興大家能把我的孩子們都帶回家供養，也很感謝從第一本作品就持續追蹤的讀者朋友們。

盼望 Wankling 的小說能一直為各位讀者帶來歡笑。

Fanpage：วาฬกลิ้ง

Twitter：@rose_wankling

從零開始數

「故事是這樣的……」

我的手指正在隨身必備的 MacBook 鍵盤上面飛舞著，當我的耳朵一聽到車子由遠而近駛來的聲音，隨即停下動作。由於周遭環境相當安靜，所以一旦有任何風吹草動，不需要特別豎起耳朵也能聽得很清楚。

我坐在一張靠窗的高腳圓桌前，眉毛無法抑制地抽動著，只能祈求那臺該死的車子開過來之後速速離去，我才能重新集中精神，專注在打字上面，不過……

叮咚！

看來我今天不怎麼走運。

我原本放鬆的手握成拳頭，握緊之後又張開來，抬起頭伸展放鬆一下脖子再向後靠，極度不高興地閉上眼睛，舉起雙手重重地拍在自己臉上，煩躁到不曉得該找什麼來發洩。

「基因哥！」

「基——因——哥！在家嗎？幫我開一下門！」

喔！幹！

我嘆了好大一口氣，抬起手摘下眼鏡，從椅子上跳下來。這張椅子是我從酒吧收購的，為了搭配剛剛那張桌子的高度才買。我腳步沉重地前去解開門鎖，門上好幾個大鎖被一個一個打了開來，從門框最上面的角落往下延伸到把手的位置，接著是最後一道鎖鍊。

當這扇厚重的木門被打開來之後，我就看到一道有些矮小的身影站在那裡，來人正是一大早就跑來製造混亂的人。

「臭石頭……」

「基因哥你好。」

「過來幹麼？我不是已經告訴過你了嗎？這一整個星期都不要在我面前露

出你那張白痴的臉。」

被罵的那個人堆起笑臉，抬起手示意道：「抱歉啦，哥，但是我真的有急事。」

「再怎麼急也急不過老子的手稿，不是你這傢伙自己說的嗎？這次只給我五個月的時間，我昨天晚上才剛找好資料，正要開始打字的時候你這個傢伙就跑來打擾我了。」

「啊！先不要這麼生氣嘛，我真的有急事要跟哥說。」

「……」

「是真的，我可以發誓。」

「如果不是真的，小心我拿刀子捅你！」

「唔，是真的，不過哥要從做事者的角度去看啊，對我來說它真的很急。」

面對說辭反覆的石頭，我實在很想伸出兩隻手指頭戳他的眼睛，不過估計這事應該與我的手稿脫離不了關係，所以耐著性子轉身帶他進屋。我聽見他飛快跟上來的腳步聲以及關門的聲音，對方似乎是深怕我會改變主意，敏捷地脫下鞋子。

我一屁股坐在沙發上，面前的矮桌上雜亂無章地堆著書籍與資料，上頭盡是鉛筆與原子筆密密麻麻的筆跡，有些被揉成紙團，有些被撕毀丟棄，另外還有裝滿麵包碎屑的盤子，以及殘留著咖啡漬的杯子。

我指著那個杯子。

「去泡一杯來給我，去。」

「拿鐵照舊嗎？」石頭開口說道，接著動手把桌上全部的盤子與杯子收到廚房的水槽裡。

我稍微盯著那傢伙的背影看了一會兒，再把眼神轉向面前這一堆散亂的資料。我花了大半夜的時間與它們奮戰，大約凌晨三點才結束，拖著疲憊的身軀上樓睡覺。我把鬧鐘設定在上午九點叫我起床，醒了之後塞了一些食物果腹，就打開電腦開始工作。

我主要的工作是「寫小說」。

沒錯，就是寫小說。

大概在三、四年前大學畢業之後，我憑藉所學的主修，也曾拿著履歷表奔走於不同的公司，但是做來做去，都覺得自己是那種不大喜歡被限制、命令，或是強迫自己天天做千篇一律工作的人，才會努力地找其他適合自己的工作。

後來有一段時間，自由業這類工作越來越被接受，什麼時候工作都行，去哪裡做都可以，哪時候睡覺都沒問題，唯一受限的就只有交件日期。那個時候我瞞著公司，偷偷地接了一些平面設計的案子。

工作雖然不無聊，但總感覺不怎麼適合我，就這樣試著做了兩份工作好一段日子。直到某一天，我在吃飯的時候看了一部科幻電影打發時間，不知道怎麼的想到好笑的事情，接著就想要自己來創造一些搞笑的劇情。

其實我本來就喜歡看電影，哪一類型的電影都可以接受，不過特別喜歡外星人或是怪物吃人的電影，從賣座鉅片到B級電影都看。不敢置信的是，當我寫了一部奇幻與科幻參半的作品放到知名網站上之後，人氣竟高到令人吃驚，即便大部分的讀者都比較喜歡愛情或是喜劇小說。

也就是從那一刻起我才發覺，手指在鍵盤上敲擊，把腦海中想像的畫面透過文字敘述出來很有趣，而且比起自由工作者，或是坐著埋頭苦幹的辦公室員工，要來得放鬆多了。

也因為這樣，我第二年就停止了兩份工作，孤注一擲地把寫小說當作是專職……

說實在的，現在已經二十五、二十六歲的我，去回顧當初完全沒有瞻前顧後就毅然決然離職的自己，不由得在心裡不斷咒罵。

我真的是他媽的太草率了，如果寫的小說不暢銷無法生存，豈不是等同於把自己活活餓死嗎？話雖這麼說，可是腦中又蹦出另一個聲音幫自己辯解：「說不定剛好你就那麼好運，這個傻基因，不會變成那樣的，因為你的小說可以賣得出去！」

從那個時候開始，我就一直交替著撰寫奇幻與驚悚小說。

生活也變得更開心了，不過……差不多只開心了兩年。突然在五個月之前，編輯打了通電話來跟我商討很長一段時間，那個時候對方閃爍其詞，說了一大堆話，大意是希望我能幫忙寫些不同類型的手稿在書展當中展示。展期就快要到了，但我卻怎麼也寫不出令自己滿意的手稿來，不過就一個故事而已，上頭相信我可以做得到，大老闆也已經批准了。

簡而言之，主旨就是……讓我幫忙寫 Boy Love 類型的小說。

「基因哥，咖啡好了。」

說話的聲音與放到我面前的馬克杯讓我回過神來，我伸手接過之後把嘴脣靠在杯緣上面。「謝啦。」

「很抱歉打擾到哥寫小說的時間。」

「嗯。」

「剛好《霸道工程師》這部作品的男主角遴選……」

因為有些承受不住，我手裡的咖啡差點就要灑出來了，好在手指又再次握緊把手。

「就是哥寫的第一部長篇小說《霸道工程師》啊。」

「你個畜生，老子知道自己的小說叫什麼名字，你幹麼要一直反反覆覆地強調啊？」

石頭聞言大笑，目的太過明顯了，他為了讓我能放鬆壓力才故意戲弄我，不過聽完之後我的心情反而更差了。

「抱歉、抱歉，這樣說吧，哥的改編小說第一回男主角遴選已完成了喔。」

我的表情依舊很不高興，除了繼續擺臭臉之外，並不想回應那傢伙。

接著我的思緒又繞回到我被編輯委託撰寫的BL小說上，那時跟編輯談了一陣子之後……

編輯說服我的理由，是最近這類型的小說非常受歡迎，我隸屬的出版社並不是那種小不拉嘰的出版社，因此有各種不同類型的出版品，包含奇幻、驚悚、浪漫愛情、輕小說，甚至還有一些中文或英文的翻譯小說，所以若是沒有這類型的小說就奇怪了。

但是……坦白說，對一名普通直男來說會不會要求太高了？我甚至連一本BL小說都沒有看過啊！

想當然耳，那時我除了抵死不從之外沒有其他選擇餘地了，而且絕對不可能會有答應的那一天。可見我實在是太缺乏經驗了才會有這種想法，天真地以為自己有權力可以拒絕。儘管我的小說能夠賣得出去，但是出版社又不是只有我一個作家，假如接下來一本又一本的稿件都被拒絕了，而且繳到其他地方也統統碰壁，我還是得回來向編輯舉白旗投降。

我其實也很同情編輯啊，即便有很多用心寫出來的作品送到他們手上，卻苦尋不到滿意的作品，總編輯特別喜歡我的敘事方式，發了一些情節讓我試著寫寫看，隨之而來的是國內外的ＢＬ參考書籍、卡通。

拳拳打得我體無完膚，喔不止！還多踩了幾腳。

事先聲明，就之前閱讀的經驗，我並不討厭男人與男人間的關係，僅是把它視為是愛情故事當中的一種，把它當作是眾多書籍當中的其中一類，對於不曾讀過這一類型的作者來說，是打開了新視野，不過若是要讓我來撰寫……我也無能為力，而且認為自己完全就是個新手。

可是誠如剛剛所言，我最後還是得暫停原本的工作，然後遵照編輯的指示開始ＢＬ手稿的序章，寫了四個章節之後把書名取了個很酷的英文名字，先試著寄送給編輯審閱，結果收到的郵件回覆，卻要求我把書名改成《霸道工程師》。

這個名字他媽的和我的風格一點也不搭。

結果……令人不敢置信，我的小說竟然紅到要被翻拍成電視劇！編輯部樂不可支，我的收入也水漲船高。當我的ＢＬ小說筆名走紅之後，我就被迫必須要一直寫下去。

「哥你別跟我賭氣，腮幫子又鼓起來了。」

「你這個傢伙才鼓著腮幫子咧。」我咬牙切齒地說道，放下馬克杯，特別提高了音量：「然後呢？男主角遴選第一回不是早就結束了嗎？」

「我們開會提議舉辦第二回遴選，編輯說要讓哥也跟著去看一看。」

「讓他們自己處理吧。」我立刻拒絕。

「啊！不可以。」

「為什麼不可以？」

「我說的這些都是為哥好，哥能夠提出自己的想法，最清楚男主角性格的人非作者莫屬了。」

「但是遴選這件事情誰都可以吧！你隨便找個有讀過小說的人都回答得出來。」

「瘋了嗎？怎麼可能有人比哥更清楚呢？」

「石頭你這傢伙不是也清楚嗎？」

攻方男主角就讀工程學，是個善妒霸道又暴戾的男人；另外一位是既脆弱又可愛的受方男主角。光是看封面以及前五行描述就知道了。

「不管怎樣都好，哥就是得去，基因哥。」

「你不要讓事情搞得更複雜好嗎？光是手稿已經夠我煩了，你沒看到嗎？」

「編輯讓我轉告哥，手稿的事情可以暫緩一陣子。」

我的眼角抽動。「到底是誰在上個星期說，讓我盡快開始動工的？」

「這種事情是可以變心的嘛。」

「幹，出爾反爾！」

「哥你這是在罵編輯嗎？」

「老子去死算了。」

「後天的遴選地點在 Double UK Entertainment 大樓喔！至於在哪一層樓、哪一間房，今天晚上我發到 LINE。」

「……」

「喔！我把第一輪遴選出來的男主角照片以及資料一起帶過來了。」接著石頭就把資料砰的一聲放在桌上，下面還壓著一堆亂七八糟的資料。「有部分的人已經有一些作品了，資料也完整地附在上面了，鉅細靡遺。哥有空的時候就看一看吧，如果有看上哪一個人，遴選那一天可以告知他們多加留意。」

「好、好，知道了。」我揮了揮手。

「那就先這樣嘍！我不打擾哥寫初稿的時間了。」

「你難道以為老子今天還有心情寫作嗎？」

「嘻嘻，那麼我就再發 LINE 通知你，走嘍。」

才剛說完，石頭又製造出一堆令人不爽的鬧騰聲，接著才走向大門離去。我的耳朵聽見車子漸漸駛離的聲音，幾分鐘後，氣氛才又回歸寧靜。

我再次嘆了好大一口氣，喝完咖啡之後拿起杯子走到水槽邊放好，先打開水龍頭，然後才往前伸出雙手，掬起水打在臉上消除疲勞。

醒來的時候還不到中午，整個人的精力竟然已經被消耗了一大半。

我對石頭那傢伙帶來的資料不感興趣，怎麼也提不起勁來看。我悠悠推開房子旁邊的小門走到外面去，眺望遠處無邊無際的草地，地平線交接處有個小果園，郊區附近的空氣少了許多灰塵以及油煙。我深深地吸了一口氣，似乎恢復了一點點力氣。

……但也就只是那麼一點點。

數到一

房子位在非常偏遠的郊區，而且也不是我的房子。

屋主是我的爺爺，他是為了搬到這裡度過餘生才購買的。他想要擁有一棟四周圍氣氛恬淡寧靜的小房子，裝潢風格希望像國外的木屋一樣，旁邊還要有個沼澤，可是才住沒多久他就離世了，這個地方因而被荒廢。直到我辭掉工作去寫小說之後，由於必須要仰賴大自然的力量與專注力，所以才會請求老家提供鑰匙。

其實我對寫作地點不算是很挑剔，讓我在自己的大樓公寓裡面打字也沒有問題，只是偶爾會想要換一下環境，不想要被人打擾的時候就會飆車去郊區房子那裡。

我已經在那裡住了一個星期，本來準備好要寫一本新的BL小說初稿，得在編輯限制的時間內完成，但是還沒來得及開始，石頭就一早跑來通知我小說主角遴選的事情，逼得我不得不先背著包包開車回到自己的公寓，看來近期內我是無法再回到那裡了。

在回想那棟房子寧靜的美好時，我瞄了一眼後照鏡，然後又看回到路面。實際上我目前所在的地方是混亂的市中心，車尾跟了好幾十輛車，長長的車龍令人不禁嘆了口一氣。

這個十字路口的紅綠燈不到二十幾秒吧？

放在中控臺前面的手機忽地響了起來，嚇了我一跳，伸手去拿過來查看，石頭的名字瞬間進入眼簾。

「你電話打那麼頻繁是要幹什——」

「哥你現在到哪裡了？」

我話都還沒有說完，石頭的吼叫聲就先傳了過來，逼得我必須把手機拉遠一點，雙眉攢聚不悅地道：「你是在大小聲什麼啦？我在十字路口這邊，就快要到公司了。」

「吼！哥你半個小時之前就杵在那附近了，到底還要多久才會到？」

「不然你是想讓我怎麼辦？就塞車，綠燈走不到四、五輛車就再次轉紅燈，我已經等了三次綠燈了。」

「哥你可以用走的過來吧？」

「操，我已經說了塞在路上，是要我怎麼從車陣當中切出去停車啦？」

「吼……」那個畜生又再次發出不滿的叫喊：「受方男主角的遴選就快要結束了耶！哥。」

「我之前就跟你講過了，直接處理掉不就好了？我不介意演員是誰、好或不好，導演跟他們那夥人的眼光都比我好吧？」我有氣無力地說道，利用空檔打開了藍牙，改戴上無線耳機接聽電話，因為車潮又開始移動了。「就這樣吧！再五分鐘，我已經通過十字路口了，就快要轉到大樓裡面了。」

「OK，OK，哥你直接跟警衛說你是誰，我已經請他準備好車位了。」

「嗯，謝啦。」

「等你到了之後，受方男主角的遴選就結束了，還有時間可以休息十五分鐘，接著才會遴選攻方男主角，哥你就在那個時間點過來吧，我已經通知大家說哥晚點才會過來。」

「嗯。」

「好，那待會兒見，我在電梯前面等你。」那傢伙說完之後就掛上電話。

我也不是那種不守時又不負責任的人，不過礙於撰寫手稿的緣故，我才會跟石頭說我哪個時段有空，還有……坦白講，就是我的臉皮還不夠厚，對於要公開自己是撰寫男男愛情小說的作者這件事情感到害臊，可能需要一段時間才能夠適應。

泰國的氣候終年炎熱，不管多久都是這個樣子。我推了推從鼻梁滑落下來的眼鏡，接著伸手去拉下窗戶，通知站在入口前面揮手的警衛。當他知道我是誰之後，就使用對講機叫同事過來指引我開到停車位上。

我一下車就快步走進大樓裡面，詢問了服務臺，他把手朝向電梯的方向指示，並且帶著禮貌地微笑告知樓層。

Double UK Entertainment 公司在娛樂圈當中相當知名，有自己持股的頻道，而且還投資製作自己的電視劇、戲劇以及電影。

公司的大樓既寬敞又高聳，一通過自動化的玻璃大門馬上感受到空調涼爽的冷風，以及從大型花瓶散發的百合花香。大廳中央有一個巨型的枝形吊燈，反射出耀眼奪目的橘光。

或許有人會羨慕我能夠和這種大型公司合作，但是我卻覺得很緊繃。

當我望著電梯顯示樓層的螢幕時，動了下腳，敲著腳趾頭，好像無法集中精神。直到電梯門叮的一聲打開，我第一個看到的東西，就是名字叫做石頭的編輯助理，他正靠在牆壁上滑手機。

「基因哥！喔，終於到了。」

「啊……」

「今天為什麼不戴隱形眼鏡過來？」

「我到底是為了誰才趕過來的？」

「哥是應該要趕過來沒錯，寫作品的人也要有靈魂，ＯＫ？」那個傢伙實在是太討人厭了，接著他又低頭看了看手錶。「也好，哥剛好在休息時間趕上，再過十分鐘要遴選攻方男主角了，趕快來這邊，其他人應該還在房間裡面。」

一說完，他就領著我走到另外一邊。

在移動的過程中，我的眼神像是在偵查一樣左右飄忽不定。這個樓層的裝潢不輸給樓下的迎賓大廳，地板走道上鋪了柔軟的紅色地毯，每間房間的前面都有清楚的標示牌，井然有序地區分開來。我看到有一間是玻璃隔間，放眼望去有一大票男子坐在那裡。

如果讓我猜測……這些人肯定是來參選我的小說角色的。

因為這部小說相當有名，當製作電視劇的消息一發布出去就迅速傳開，推特裡面的標籤每天增加數十筆貼文；等遴選演員的消息發出來，會這麼受到歡迎也不意外。

「基因哥，你有先看過前來參選的人員履歷了嗎？」石頭喚回我的注意力。

「大致瀏覽過。」

那傢伙舉起手拍了拍額頭，碎唸道：「我就知道……」

「不要擺出一副對我很無奈的模樣好嗎？我可是正在處理一部新的小說呢。」

「編輯不是說了讓哥先暫緩了嗎？」

「資料都已經找了，如果不乘勝追擊的話，感覺要是消失了怎麼辦？你要負責嗎？」

「好好好，我錯了，是我錯了。」

那傢伙嘴巴上這麼說，卻感受不到一丁點兒真心誠意。接下來我就停在一間房間前面，舉起手敲了敲門。

我仍舊站在門口，門被打開之後就能清楚地看見房間的內部擺設。這個房間很寬敞，首先接觸到的是撲鼻的咖啡香氣，牆壁與地板被漆成白色，看起來非常舒適；對面是被百褶捲簾遮住光線的玻璃窗，一旁是四人座的長桌，此外就沒有其他家具了。

那張桌子已經有一群人坐在那兒了，而且看起來好像正在喝咖啡休息。

「喔，小石，來了啊？」

「來了，前輩。」

「要喝咖啡嗎？」另外一個人舉起杯子像是在邀請。

才三個鐘頭，你就已經跟他們這麼熟了是嗎？

「不用了，喔！這位是基因先生，撰寫這部小說的作者，恰巧剛辦完事情，順道過來看一看選拔的狀況。」石頭說完拱身向前，伸出手朝我的方向介紹。

至於我呢？則是在內心裡不高興地瞪著他……剛辦完什麼「鳥」事順道過來？不是你一直打來糾纏我的嗎？

「哦！」這群人發出讚嘆的聲音，然後有一個人站起身朝我走過來。

他是相當高䠷的男人，嘴唇周圍蓄了鬍子，從樣貌來判斷，年齡約略是三十出頭。

他對我露出微笑，我先是點了點頭，然後抬起手行禮。

「真不敢相信，作者竟然是位男性。」

「……嗯。」

「我叫做邁，是導演，要叫我哥還是叫什麼都隨意。」他親切地自我介紹之後笑出聲來。「至於你，叫做基因先生是嗎？很高興認識你，是金人（中國人）但是眼睛卻大得不像金人啊。」（註1）

……冷笑話嗎？

我非常克制著嘴角。「基因不是在指中國，我的名字英文拼音是G、e、n、e。」

「Gene？染色體的一部分？」

我可以朝這個該死的導演捅上一刀嗎？

「哈……哈哈，是從希臘文來的，意旨美好的起源。」

「呵呵呵，我開玩笑的，開玩笑的。」邁先生把手放在我肩膀上拍了兩、三下，但是每一下都發出很大的聲響。

在這之後，他就伸出手臂摟著我的肩膀，推著我走向有其他人坐著的長桌。「今天我有空，非常湊巧，跟著助理來看第一輪通過遴選的孩子們。」

我終於明白，為什麼才三個小時的時間，石頭可以跟這群人這麼快速地混熟。

註1　泰語的「中國」發音為「Cîn」，跟基因發音相似。

邁先生將我介紹給其他相關人員，這個小組中，有兩位是女性，職責看起來像是負責挑選演員的人。每個人都很友善，特別是這兩名女子，當她們知道撰寫ＢＬ小說的人是我這個男人之後，立刻不敢置信地睜大雙眼。

並不是說沒有其他男性在寫這類型的小說，只是比例非常少。

「喂喂，先別問基因太多問題，等一下會來不及。」邁先生說道。

不久之後，有人拿了一份資料夾遞給我。

「這是照著號碼整理的演員名單，等一下他們會進來，有些本身已經是知名的年輕演員，有些是來面試的新面孔，還是大學生，我們都先篩選過面貌、身高以及其他條件了。今天要表演的劇本已經在裡面先做了記號，基因先生請先審核一下，看有沒有誰的演技最貼近角色的性格。」

「謝謝。」

邁先生揮手指示助理再拿一張椅子過來給我，那張桌子僅足夠坐四個人，因此我才能舒服地坐在柔軟的加墊座椅上，只是我得坐在牆壁的另一邊，極其顯眼……幸好還有石頭站在旁邊作陪。

有工作人員開門走進來，聽從邁先生的指示，先是唱名還有叫號碼，然後才一個個把前來遴選的人帶進場。

我的主角設定，是工程系的大三生，個性相當的乖張、暴戾、善妒，但是卻很愛自己的另一半；也因為是這種性格，一開始我才會取了一個看起來很強硬的名字，就叫做「石」。結果卻被編輯駁回，甚至還寫信責罵我不准使用石頭那傢伙的名字，讀了完全提不起興致，為此我才又取了一個新的名字叫做「肯特」。

根據描述，我的攻方男主角是一個非常壞的男人，如果穿私人衣物的時候，會選擇深色或是黑白色，髮型斜向左邊旁分，固定會上髮膠，大概是這種調調，所以才會要求所有前來遴選的人穿上這種風格的衣服，不過……

但是我覺得好多人都太過做作了。

他們盡可能地讓自己看起來像是個壞男孩，但是太過做作的話，反而會顯得矯情，並不是自然而然表現出來的模樣……看了七個人之後，我還是沒有看到哪個特別中意的人選。

「你就算逃跑也無濟於事……我所留下的痕跡，是在反覆地提醒你，讓你知道，你是我的。」

演員的聲音響遍了整個房間。

幹！我在心裡面咒罵，真是丟死人了。

雖然我跟很多人的眼神沒有對上，但我還是能感受到那些演員的內心情緒，竟然有辦法如此認真地說出我在小說中寫的那段令人害臊的句子，一想到如果自己也那麼做，就不由自主地搖了搖頭。

「基因哥覺得怎麼樣？」

石頭彎下身來在我耳邊竊竊私語，使得我得看向自己在小小的備忘錄上面所寫的號碼。「五號應該可以吧？」

「和我相中的人一樣，他本來就是一個知名年輕男演員，如果能出演哥的電視劇，人氣肯定會水漲船高。」

「是嗎？」我微微地豎起眉毛，因為我不太清楚資訊，雖然資料裡面已經有寫了，但是紅不紅、到底有多紅，我是不知道。「不過看來看去，覺得他看起來有點狡猾，我覺得比較符合韃鸞這個角色。」

韃鸞是我小說當中的一個角色，他是一個喜歡受方男主角的人……也就是一般常見的劇情啦，因為受方男主角非常的可愛，當然會有人感興趣，可以說是攻方男主角最主要的勁敵。

「哎唷。」石頭喜笑顏開。「是誰一開始說隨便選一選的？一旦坐到了這個位置上，看得可仔細了。」

我瞪著他。「回嗆我是嗎？」

「啊！別、別，先別鼓著腮幫子嘛，來、來，把五號用螢光筆畫上，等一下再跟導演討論，已經看了好幾個人了……」

石頭的話還沒說完，工作人員叫喚遴選演員的聲音先響了起來，打斷了我們的對話，但光是聽到名字，就立刻引起我的注意。

「第十八號，納十先生，請。」

鞋子撞擊在地板上的聲音慢慢靠近，一直持續到房間中央，當我的眼神對上了那個人，內心馬上變得既混亂又複雜。

我的大腦同時接受到非常多情緒，包含了驚訝、被吸引、欣賞以及……失望。

面前這個人身軀修長，穿了一件襯衫以及牛仔褲，裝飾品只有戴在一邊的耳環，閃閃發亮的深黑色頭髮被往後梳上來一點點，裝扮壞得恰到好處。因為這個男人的面容非常帥氣，原本就已經具備一定的本錢了，所以一切看起來才會那麼適合，波浪形狀的嘴唇、高挺的鼻梁，臉頰與下顎線的角度非常完美。

十八號的出現一度讓我失了神，但不一會兒又把我從雲端拉下來。因為……就算他再怎麼帥氣，而且裝扮再怎麼養眼，這個人的模樣與氣質根本與肯特完全不符。

他看起來很文靜，不怎麼冷漠，反倒是有些沉默寡言……這簡直是兩個世界的人了。

「納十弟弟、納十弟弟、納十弟弟，納十弟弟來了！」

當我透過眼鏡觀察著十八號的時候，耳邊就聽到兩個女人交頭接耳的聲音。

本身就是明星嗎……

我帶著好奇心低頭看著手裡的履歷。

「納十·披披塔帕克迪（18），現年二十歲，大學二年級生，國際商務管理系。」

檔案背後還備註他中學時期是在國外唸書，而且還有些國外的時尚走秀經歷與平面模特兒的作品，回到泰國之後，也就接了一些平面模特兒的工作。另外還有附上ＩＧ與臉書的截圖，一看追蹤人數就能明白他到底有多受歡迎。

「不是明星啊，哥，但是很有名，在網路上有一堆照片。」

「喔！」我應聲回覆石頭的八卦消息。「但是沒有演出的經驗，可能不行吧？」

有點可惜了這副好身材啊。

我惋惜地看著十八號拍的照片附件資料，直接先劃掉刪除，但當我再次抬起頭時，整個人愣住了，因為這個身材高眺的男人正凝視著我。

我們兩個人四目交接。

啊……是怎樣？

我的眼睛眨了一會兒，接著禮貌性地報以微笑。

十八號露出淺淺的微笑回禮。

「納十弟弟，今天是第二輪遴選，先前已經給過劇本了，你準備好了對嗎？」導演助理是那個先開口說話的人，也同時轉移了我跟十八號的注意力。

「是。」被問的那個人靜靜地點了點頭。

沒有展露出更多的微笑或者是表情，和其他待選的演員完全不一樣，其他人都是盡全力地突顯出自己的優點。

「那麼，若是納十弟弟準備好了就開始吧。」

話才剛說完，這間白色整潔的房間就陷入一片寂靜。

演員遴選所挑選的劇本場景，是攻方男主角正在追趕著受方男主角。今天早上受方男主角正從攻方男主角的高級公寓裡面逃出來，前一天晚上才剛瘋狂地做了一個熱到溫度計破表的活動。由於受方男主角企圖要閃躲攻方男主角，被對方發現之後就被逼到牆角，攻方男主角凶狠暴戾的模樣被激發出來，恐嚇並且表現出自己是主人的態勢。

當這一章更新在網路上之後，我就收到了回饋，意思大概就是很過癮，死而無憾……統統都是差不多的回覆。

我握著拳頭靠在臉頰上，另一隻手不斷地轉著原子筆，對十八號完全沒有任何期待。

「原來在這裡是嗎？今天早上從老公身邊逃跑，為什麼不說？」

但是當第一句話從十八號的喉頭裡發出來之後，我手裡的原子筆瞬間停止了轉動，移開的視線又再次回到他身上。

他一開始所散發的文靜氣息消失了，此刻好像換了個人似的。

就像是開關一樣，他不僅是表情、眼神變得鋒利脅迫，看起來甚至還很性感，低沉的嗓音令聽眾全身不由自主地感到緊繃。

「你這不是還走得動嗎？我還以為昨晚好幾回已經足夠讓你沒力了。」

眼前這個人的演出讓我起了一身雞皮疙瘩，情不自禁地盯著看，久久無法移開眼神。當我再度回過神來，發現那位正在扮演劇中角色的人朝我這邊看過來，他轉過頭來看著我，看起來就好像是正在跟我對戲一樣。

先等一等。

我內心的一部分發出了警訊，本能地想要別過臉逃避，卻做不到。

我……以及這個房間裡的其他人，好像都被這一個人吸引住了。

那具高挑的身軀朝著我走近一步，又一步，慢慢地逼近，讓我看到了攻方男主角正把受方男主角追趕到牆角的畫面，真實地呈現在我的面前。

直到與坐在椅子上雙腿交疊且身體僵硬的我相距不到幾步的距離，他才停下腳步。

「啊！」

我嚇到叫出聲，因為那雙厚實的手突然間靠得很近，接著我的嘴脣被攫住，稍微往上捏了起來。

「你就算逃跑也無濟於事……」

他的手指與手掌沿著我的喉嚨游移，在那之後撫摸著衣領向下拉到一邊，指尖滑到鎖骨的位置，接著手指就停留在我異常滾燙的皮膚上。

「我所留下的痕跡，是在反覆地提醒你，讓你知道，你是我的。」

他和其他遴選演員說的是同一句話，但是這一次，竟然讓聽眾的心跳亂了套。

我的心臟也是同樣情況，只不過不是因為這句話，而是因為那張近距離靠過來的帥氣臉龐，以及對方另一隻厚實的手，已經伸過來放在我椅子的扶手上。

接著我就感受到他溫熱的鼻息。

「等一下……」

「對不起。」

低沉的嗓音又再度響起，接下來覆蓋在我身上的黑影就往後退開，就在那一瞬間，我們的鼻頭輕輕地碰了一下。

「哈？」

我像是失了魂一樣，感覺自己的嘴巴張得大大的。

「嚇到你了嗎？非常感謝你願意陪我一起對戲。」

我的身體仍舊硬得像是復活島的石像一樣，耳中聽到低沉迷人但卻非常有禮貌的聲音，周遭那股既魅惑又霸道的氛圍逐漸消逝，僅留下一點點微醺的感覺。

我的眼睛眨了又眨，當我意識到發生什麼事情之後，動了動身體。

「嗯……啊，演得非常好。」

但是老子根本不想要跟你對戲啊！這個臭小孩真的演太用力了，導致我整個人都魂不守舍的。

「是嗎？」那道濃眉稍微揚了起來，接著露出淡淡的笑容。「謝謝……」

我笑了出來，但是這個笑是尷尬到極點的笑。

導演邁先生還有其他助理陸續回神之後，就一起站起來拍手叫好，把十八號叫到桌子前面，像是面試一樣問了一些問題。

至於我……努力克制胸口內雜亂無章的心跳，然後自顧地搖了搖頭。

這位大師真的是太厲害了，從外在的氣質來看，我原本認為他跟角色不符合，但當他突然演起戲來，就如同打開了開關，做得比預想要來得好，非常棒，好到我的心臟也跟著跳動。

「喔。」沉默了很久的石頭叫了出來。

「你這傢伙怎樣？」

「剛剛忍不住想像自己是哥小說裡面的受方男主角，心臟還是一直跳個不停呢。」他把手舉起來放在胸口上面。

我不悅地癟了癟嘴。「不是來遴選受方男主角嗎？」

「哎唷，怎麼這樣說，剛剛納十弟弟把哥當作受方男主角的時候，哥還不是整個人都僵住了？」

石頭所說的話還有模仿的眼神，讓我的臉無法抑制地泛紅，瞪了一眼站在旁邊的人之後，輕輕地踢了一下他的前小腿。「等一下你會被我捅。」

「動不動就說要捅我。」石頭翻了翻白眼。「那接下來要怎麼做？現在。」

「我就要這個號碼，十八。」我想也不想就回答出來。

「我也喜歡納十弟弟，導演他們看樣子好像也做了決定，還剩下十幾個人沒有進來參選。」

聽著石頭所說的話，我轉過頭去望向邁先生那邊，就看到一位工作人員走過來把十八號帶到會客室。他的待遇和其他前來遴選的演員不同，通常選完會集中到外面等候。

接下來，邁先生走過來詢問我的想法，看他的樣子好像已經下了決定，假如我不選擇十八號，他絕對會很不高興地反駁我。當我表示同意之後，他笑得樂不可支，再次伸出手來使勁地拍了我的肩膀兩、三下，然後才又坐回原來的位置上，並指示工作人員可以請下一個人進來了。

就算心裡已經有人選了，還是得把事情處理完畢。雖然對其他人來說真的很不公平，但說成是不公平也不盡然是那樣，因為十八號的演出是真的很出色。

時間又過了三十分鐘，所有演員的遴選終於告一段落，我把其他沉重的任務交給劇組人員，自己則是把資料夾蓋上還給工作人員。

……完全沒人比十八號還要優秀。

「在基因先生到這裡之前，我們已經先挑好受方男主角了，對於這些細節，你有沒有什麼問題？」

我揮了揮手，表示沒有異議。「我沒有問題，都聽導演的。」

看著劇組人員今天所做的決定，我對他們的眼光也比較放心了……但其實也不需要懷疑，這本來就是他們的工作。

「我已經讓那兩位弟弟先去會客室裡面坐著等了，等一下會去說明初步細節，基因先生也一起去吧，他們還不知道你是作者呢，過去自我介紹一下，順便象徵性地解說一些劇情，過來、過來。」

「嗯，等一下、等一下。」我奮力地舉起手阻擋邁先生作勢要把我推出去的手臂。「不太好吧，等下一次比較好。」

「接下來有其他業務嗎？」

我露出一個虛偽的微笑，覺得有點罪惡感。「是有一點事，就是下一部作品的工作這樣。」

「哦，打擾了、打擾了，那麼就下次吧，我再委託其他人把剩下的細節轉告給你。很確定的是，再兩個星期會跟這兩位弟弟舉行一場細部的說明會，石頭說基因先生會過來。」

「咦？啊……」

那個該死的石頭說我要去是嗎？

我立即轉身，眼睛差點就要朝著靜默地站在身後的石頭掃射出雷射光線，隨即就收到他回應的燦爛笑容。

邁先生又再次朝我的肩膀用力一拍，然後放聲大笑。我們彼此道別之後，他就走進會客室，應該是要去跟獲選成為男主角的兩位演員詳談吧。至於我就……

我抬起手環抱胸口，嘆了一口氣。「我可以回去了嗎？」

「可以……啊！等一下。」

「又怎麼了啦？」

「我肚子痛，想要先去一趟洗手間，哥你載我回去出版社吧，但是得先等我大一下便。」

「你個畜生！我是你的下屬嗎？還要等你大便完之後再接送你？」

「哎唷！誰會那樣子想啦，哥是我必須要照顧的人啊。」

「哦？是嗎？」

我朝他皺了皺鼻子，輕輕地彈一下他的鼻頭之後，揮揮手驅趕他去洗手間。

石頭露出大大的微笑，接著就夾著雙腿迅速消失在走道盡頭。我無奈地嘆了口氣，跟著他的背影走去，廁所前面有幾張長椅，和一臺在泰國相當少見的自動販賣機。

我先是掃視了一會兒，然後才投下錢幣點選特選香甜冰咖啡，取出後，傾斜著罐子喝著提神，想著石頭可能會在馬桶上蹲好一陣子，索性就坐下來等待。

哼！身為一個與作者接洽的編輯助理，兼半個照料我的人，石頭那傢伙毫無疑問地非常的失格。

我一想到那個坐在馬桶上面拉屎的人，就忍不住搖了搖頭，一隻手拿著咖啡啜飲，另外一隻手轉動著剛剛從自動販賣機找回來的零錢。

噹啷！

轉來轉去失了手，錢幣從指尖掉了下去。

我迅速看過去，那是一個十元錢幣啊……眼看著它在地毯上面持續滾動，直到撞上某個人的腳尖之後才停下來。

我原本要移動去撿錢幣的身體也跟著靜止下來。

就像是電視劇裡面的情節一樣，我從來人的腳往上看向對方的臉。

竟然是那個十八號。

修長的身軀和我距離僅三步之差，接著他慢慢地彎下身，撿拾錢幣遞過來。

「這裡。」

「喔……謝啦。」

十八號微笑，樣子仍然像是個高貴的王子。「剛剛得再次謝謝你。」

這男人帥氣的光環極其刺眼，我不想要看太久，所以別過了眼神看向旁邊。

「咦？嗯……」

如果是卡通，應該會有烏鴉飛過的音效，但剛好不是，所以安靜到令人窒息。

「我剛剛才知道你是《霸道工程師》的作者。」

幹！當十八號突然說出這句話時，咖啡罐差點從我手中滑出去。

「導演不久前才告知，接下來還請多多指教。」

「喔！不用想太多。」我揮揮手。「我只是撰寫的人，製作電視劇的合約早就簽給電視臺了，弟弟你……」

說到這裡我趕緊煞住，因為對方其實並沒有稱呼我為哥，只是用語比較禮貌而已。我在猶豫該怎麼稱呼對方，稱呼為「你」又不太習慣。「嗯，先生……你可能不會太常看到我，如果說要指教，應該也是導演跟工作劇組人員比較有關係。」

聽到我這麼說，對方稍微皺了一下眉頭。

這個人雖然有一點安靜，但是看起來文質彬彬，就像是一個真正的王子，讓我覺得好像要更謹慎地說好每一個句子，畢竟不清楚到底是怎麼一回事。

原本想要藉口開溜，到別處去等石頭出來，不過洗手間的開門聲音響起得正是時候。

「哥，我菊花都要痛死了……哇啊！」

那個去大便到地老天荒的人總算出現了，當他的眼神對上我小說男主角杵在那兒的高䠷身軀，便舉起手來放在胸口上。

石頭笑得尷尬，樣子就跟小女人一樣害臊嬌羞。「納十弟弟。」

「是。」

「和導演談完了嗎？」

「導演在接聽一通緊急電話，所以我就請求先來上一下洗手間。」

「哦。」石頭點頭如搗蒜。「喔！我叫做石頭，是照料基因先生的助理，接下來我們應該很常有機會碰面。」

我立刻轉過頭去望向開口說話的那個人。

石頭這個賤貨，在這之前我才剛跟面前這人說了不會常常見面，這傢伙現在竟然這樣子說。我只能委婉地瞇起眼睛望向納十，我才不會常常來跟他碰面咧！光是工作就已經夠多了。

「好。」納十仍然站在同樣的位置，嘴角掛上一抹淺笑。「那麼再見了。」

「再見、再見。」

石頭非常友善地回覆，我則是傻乎乎地發愣。當我看見十八號開口的時候猛盯著我看，好像是特別在對我說話一樣，對方的光環讓我的心臟又再次不對勁了，不自覺地點頭微笑。

我從座椅上彈起來，把空罐子丟進垃圾桶之後，轉過身去扯住讓我等很久的臭石頭的領子，然後迅速地朝電梯方向走去。雖然我強行拖著石頭走，他卻還是轉身不斷和站在另外一頭的納十揮手。

我露出不耐煩的神情，趁電梯門打開的瞬間，我輕輕地把石頭推進去，自己跟著要跨進去之前，竟情不自禁地轉身朝十八號看去。

納十還是站在原地，他銳利的眼神靜靜地看著我的方向，一和我的眼神對上就露出笑容。我只能裝傻，表現出一副沒有看過去那邊的模樣，然後趕緊進電梯。我不是導演，不是負責人，只是區區一名普通的作家，不需要特別來討好我的。

「基因哥要送我一程啊，喔！順便帶我到轉角泰式炒麵店買份蚵仔煎。」

「……」

數到二

今天石頭一大早就把我叫了起來。

當然，我又得強忍住無奈的情緒，才不至於衝動地拿起刀子用盡全力朝他捅去。他絲毫不客氣地快速按著門鈴，不久之後他就拖著睡不到幾個鐘頭的我去洗澡換衣服，趁著我迷迷糊糊的時候，把我帶到公寓下面。

昨晚我花了一整個晚上在撰寫新的初稿，直到可以睡覺的時候已經是早上六、七點了。我本來就不是一個撰寫速度很快的作者，或許是因為個性使然，如果寫得不好、不滿意，中途就無法休息，因此一下子刪除、一下子打字，不斷持續著這個狀態，頂多就是停下來喝杯咖啡讓眼睛休息片刻，不過如果進度尚未完成，還是得回來繼續工作。

昨天在電腦前面坐了一個晚上，總共也只完成半個章節……至於睡眠時間，算一算也只睡了三個多鐘頭而已。

石頭把我塞進車子裡面，在那之後我就二話不說地踩下油門，只得自己開口詢問，直到他回覆我之前，想要開門衝出去也來不及了。

「基因哥你不要任性。」

我瞪大了眼睛。「任性個屁，我一整路在說的，就是在告訴你，我不OK，我現在沒有力氣了。」

「但是我已經答應他了啊，昨天晚上我打電話給哥確認的時候，哥不是也答應我了嗎？」

「愛說笑！我沒有說……等一下。」

昨天晚上……我回想一下，印象中石頭好像有打過電話給我，但那個時候我正在趕稿，聽到手機響起，一隻手伸過去接，另一隻手打著字。

一想到這裡，我不禁睜大雙眼。「你不是也知道，當我在工作的時候，就算說了什麼話都不要當真嗎？」

開車的石頭無辜地眨了眨眼，但是這個行為實在是太過裝模作樣了。

「啊，那我就不知道嘍，是哥自己答應的啊。」

「臭石頭，你絕對是故意的。」我抬起手指著他的臉，語帶威脅地說道：「我真不應該把大門的密碼告訴你的。」

沒錯，在我很想睡覺又昏昏沉沉的情況下，會讓我如此煩躁的也就那幾件事情。

我的小說電視劇會議。

距離上次與導演邁先生在男主角遴選場合碰面之後，已經過了好幾天了。那個時候石頭還有邁先生都有提到開會的事情，但是最近我忙著趕出新的手稿，所以才會迷迷糊糊地忘記了。本來想讓石頭代表出席，事後再轉告我即可，主要是這次的會議大部分內容是和演員們說明細節，作者的出席跟這件事情完全扯不上半點關係，但此刻我卻被拖著坐上車子，目的地正是開會的地點。

石頭真的太賤了，總有一天會被我肘擊。

開會的地點一樣是那棟非常高級的 Double UK Entertainment 大樓。從公寓大樓開車過來，路程並不會很遠，但是也得花上一些時間，因為這條路相當容易塞車，就算不是上下班的尖峰時段，車流量還是沒有減少過。我利用這段時間把椅背向後調整，戴上耳機閉目養神。

不曉得花了多少時間在交通上面，因為當我再度回復意識，是在石頭用力搖晃肩膀喚醒我的時候。

我甩了甩頭，試圖把睡意還有暈眩感驅離，跟著石頭的步伐走進大樓裡面。一開始我什麼也沒想，因為腦袋還沒有完全恢復運作，可是進入電梯裡面，等待前往目的地樓層的時間裡，意識就慢慢地回來了。

「石頭，他們有通知開會的主題嗎？」

「通知過幾個重要的細節了，哥。開拍的日期以及其他事項，他都有整理一份總結資料然後分發給每一位演員。電視臺那邊想要快點開拍然後盡快殺青，才不會浪費太多時間、早日上映，特別是最近BL劇正流行。」

「喔——」我拉長了尾音。「你看起來已經知道所有的細節了啊？為什麼不幫我代表出席一下，再把事情告訴我不就好了？」

「哥是作者，可以表現得這麼不在乎嗎？」

聽聞至此，我的臉都皺起來了。

在這之前，我跟石頭說過好幾次，我並沒有什麼太多的意見，假如不是開會或是什麼真的非常重要的事情，合約簽給電視臺之後，就沒我的事了。說真的，比起自己，我更相信電視臺以及導演的能力，他們在這一方面本來就是專家。

這段期間我正在處理初稿，當我開始著手做一件事情，我就會非常專注地投入那件事情，所以沒有心力再關注其他事情。

「再過十分鐘，會議就要開始了，我們先進去坐著等吧。」石頭把我帶到一個房間前，整扇門都是霧面玻璃，他輕輕敲著門徵詢同意，才推開門走進去。我跟在他的後面，但是當我看清楚室內的狀況之後，隨即停下腳步。

還剩十分鐘，會議就要開始了。我原本以為時間到了之後大家才會陸陸續續地走進來，可是怎麼會這樣，有好多人已經先就定位了，只有我跟石頭是剛剛抵達。

「喔！基因先生你好啊，小石你也是呀。」

「你好。」

我們舉起手向打招呼的人行禮，她就是在遴選演員那天有打過照面的導演助理。由於是唯一一個認識我的人，所以她幫忙把我介紹給會議室裡的其他人。

我盡可能地努力展現出禮節以及正經的態度，一一和會議室裡的人互相認識。許多人自我介紹完之後，都會象徵性地補充一句話提到我的小說，想當然耳，有些人會投以審視的眼神。

「小十還有基因先生在遴選那一天就認識對方了對吧？至於小十旁邊那位是邇頤，由他來飾演南茶這個角色。」

我的眼神自動地跟著導演助理指示的方向看。

第一秒和納十那雙精銳的眼睛對上時，我才意識到，自從那一天起，腦海深處就一直殘留著這段記憶。我頓了一下，納十先是沉默地盯著我看，然後才緩緩地露出微笑，姿態跟神情看起來依舊像是我那天曾經見過的王子。每次看到他都會覺得呼吸困難，所以我只是點了點頭，眼神飄向坐在他旁邊的人。

「基因哥你好。」

那個人向我打招呼，同時報以燦爛的微笑。那小巧可愛的嘴巴一笑，臉上就能看到酒渦，又大又圓的眼睛帶著透亮且清明的笑意，整張臉的組合讓他看起來既可愛又惹人憐。

確實非常適合擔任我的小說受方男主角南茶。

我露出笑容，大方地接受對方的敬稱與善意。「你好，邇頤弟弟。」

「那麼接下來這一位是賽莫，由他飾演韃彎這個角色。葛拉飾演梅爾的角色，至於艾姆飾演的是蘭妮。」

「啊，大家好。」

我轉過去回應每一位演員，其他人則一起抬起手來行禮……感覺自己像是變成一個老人了。

「我們先等一下製作人喔，請先坐下來吧，先坐下來。」

我坐在導演助理安排的椅子上，位置不偏不倚地就在納十與邇頤兩位男主角的正對面。至於石頭這傢伙，由於他的職位是我的助理，所以飛也似地跑到後方的長椅上就定位。我轉過頭去朝他比手畫腳，示意他協助筆記或是錄音記下各種資訊。

終於在十分鐘之後，一個男人推開會議室大門走進來，他應該就是導演助理所說的製作人了吧？至於邁先生，我今天倒是沒看到，可能是不需要一起開會，或者是有其他事情，誰曉得？

「我們計畫要在今年九月的十四號開拍《霸道工程師》電視劇，劇本已經完成了，劇組人員名單之前都先發給各位了。然後就如同大家所知，我們不會跟著劇本拍攝每一個場景，會先依照事先設定以及縮減的版本進行，每一個場景出演的人員，我都會安排劇組人員聯繫你們的經紀人通知拍攝順序。至於劇名，電視劇的劇本會做些更動，比較適合在電視臺播出。」

我聽著製作人的解說，一邊翻著文件。

「電視劇雖然確實受到不少關注，但還是會有其他宣傳活動，譬如會排一些小型的見面活動，或是現身於各大百貨中接受記者採訪，如果可以，希望大家多多配合。喔！還有一件事情……電視劇的劇本與小說內容差距不大。」

我稍微移動身體，說話的人剛好把頭轉過來。

「這個部分我非常感謝作者，其他方面也希望能多加幫忙，或許可以在這些孩子們所要扮演的角色方面給予協助。基因先生是作者，自然比在座的每一個人都要來得熟悉劇中角色，了解劇情演員的演出才會更傳神。如果電視劇拍得好，收視率可能也會跟著衝高，至於各種宣傳活動出席，電視臺那邊會自行安排。」

我感覺到嘴角在抽動，都被這樣子說了，除了點頭接受還能怎麼辦。

「不管怎樣，這些孩子們就麻煩你多多關照了。」

「好……」

其他作者可能會很高興被邀請一同參與，並且心甘情願地聽從這些想法，只不過我……竟然覺得有點沉重。其中一件讓我感到沉重的事情是，我不曉得自己能不能夠如同他所期望的那樣幫得上忙。

我對娛樂圈的事情並不是那麼擅長，就我所知是簽完合約之後就沒作者的事了，也就是說把劇本賣給了負責人，就算詢問了作者的想法，但如果他們覺得不必要，他們還是有權力可以不照著做。

過一陣子後，製作人轉回去繼續聊一些跟我這個作者不太相關的事情。我靜靜地坐在涼爽的冷氣房裡面，昏昏欲睡，才待了三個鐘頭就已經夠虐待我了，再加上不能看手機或者是做其他事情，眼皮越發沉重，幾乎快要閉起來了。

我偷偷地瞥向坐在後方的石頭，見他一臉神清氣爽的樣子就讓人生氣。收回視線之後，為了抵抗睡意，我拿起筆來在文件的角落畫上小小的插圖，刻意不讓別人發現。

畫石頭這傢伙被刀子奮力一捅的慘狀……

既然沒有辦法捅真人，那就改在畫裡捅他，特別幫他加上噴射出好幾公升血液的畫面。

不過當我一抬起頭，就當場定住。

我看到對面的高個子正直直地盯著我看，我手中的筆停止了動作……他到底從什麼時候開始看的，我也不曉得。

納十看著我畫的插圖，在那之後將他迷人的眼睛轉移到我臉上凝視著。

起初以為會接觸到責備的眼神，因為在我的眼裡，十八號的個性還有形象就是那樣，但是我卻看到了……笑容。對，我反而從對方臉上看到了笑容。

我想，我正被一個孩子嘲笑。

我不由得雙眉緊蹙，裝模作樣地輕輕咳了幾聲，換了一副正經八百的表情，接著才慢慢地把手移到自己畫的圖上遮蓋住，在內心嘀咕，這下子我不專心的模樣被年紀小的孩子撞見了。

讓我死了吧！放我回去睡覺吧。

會議終於結束了。

我和會議室裡的其他人又多聊了一會兒，當一些人陸陸續續走出去後，我就立刻請求先行離開去一趟洗手間，然後舉起手向大家道別，假裝出有點不情願的樣子，就好像我還想繼續跟他們聊更多話一樣。

一走到沒有人的地方，我就立刻揪著石頭的衣領離去。我睏到快要暈倒了。

「喔，基因哥，我的脖子快要斷了。」

「就讓它斷了也好。」

「心情還是很差嗎？會議已經結束啦。」

「我心情不好是因為你，你最好搞清楚這一點。」

我帶著譴責的眼神看著他，從錢包裡面掏出硬幣，投到自動販賣機裡，點選特選香甜冰咖啡，喝著讓自己提神醒腦。我打算先等個十到二十分鐘，讓還逗留在會議室前面的人先行離去，我再經過那邊搭電梯下樓搭車回家。

「可是……看他好像非常重視哥的小說，哥算是很幸運了耶，有電視臺還有製作人這麼積極地幫你宣傳。」

「是嗎？」我立即回嘴，背斜靠著牆壁，拿起罐裝咖啡又喝了一口。

「作者有權力發表意見，然後他們那邊也清楚地說明願意聆聽，這個機會得來不易啊。」

嘆息聲從我的嘴裡輕輕地響起：「我知道。」

雖然我得到一堆機會，但我也因為自己沒有把這件事情放在心上而自我責備。

「哥你也應該要跟著做啊，假如電視劇拍出來的成效很好，哥的筆名就會有更多人認識，下一步作品就會更容易了。」

「先給我等一下。」我的眉毛抽動。「你剛剛說的那一堆，其實是故意想讓老子一直繼續寫BL風格是吧？」

「沒有啦，怎麼會呢？不過實際上……我也真的是忘記哥你之前是寫驚悚類型的。」

「你這個畜生！」

「就因為哥寫的男男愛情類型比較紅啊！」

那傢伙一副理直氣壯的模樣，口沫橫飛地又多說了兩、三句話來勸說我，然後才拿起手機查看時間，說是會把今天開會的筆記發送給我，接著就打開相機把內容照下來。

我一句話也沒有回，瞄了他一眼之後就閉上眼睛，靠在牆壁上稍作休息，決定喝完這罐咖啡之後就要馬上趕回去睡覺。現在睡覺的話，醒來的時間應該是晚上九點、十點了，等到那個時候，再好好地跟我的初稿來奮戰。

我在腦中已經安排好接下來的計畫，但是當我再度張開眼睛，嚇了好大一跳。

「幹！」

咚！

「喔！」

「基因先生。」

我整張臉皺了起來，手自動地抬起來放在後腦杓上。

本來就已經很睏了，現在更覺得眼冒金星。

「有沒有怎樣？·痛嗎？」

我的眉毛皺得都要打結了，當我一睜開眼睛之後，就看到十八號修長的身軀站在我面前，對方帥氣的臉靠過來好像是在端詳，但是這個舉動差點讓我的心臟驟停，身體自動地想要向後退開，卻忘記自己正靠著牆，頭才會不偏不倚地撞個正著。

納十此刻的表情看起來也受到不小的驚嚇，他一見到我這個模樣，又更加地靠近我一點。

「讓我看一下。」

他一說完就伸手接近我，用右手把我推離牆壁，接著就把手伸進我的頭髮裡，手指緩緩地游移至撞到的部位，我的手本來就已經放在那裡了，兩隻手無可避免地碰在一塊。

我的臉皺得更厲害了，試圖用另外一隻手阻擋。

「等等等，等一下……」

「撞得很用力耶，可能會腫起來。」

「嗯，是有可能會。」

「不管怎樣，還是拿冰塊敷一下才不會腫得太嚴重。」

「OK，OK，我明白了……先讓開一下可以嗎？」

我反手抓住納十厚實的手腕，拉開距離。納十似乎是看到我一臉不悅的表情，因此露出非常愧疚的表情，最終還是照我的意思退了開來。

一旦沒有了那具高䠷的身軀擋在面前，呼吸就感覺順暢不少……我也不是長得有多矮，只不過十八號他是一個長得極高的大二學生。

「我很抱歉。」

一開始我的表情還是很不悅，可是當我聽到道歉之後就釋懷了不少，揮了揮手示意。「算了、算了。」

撞到的地方的疼痛感越來越輕微了，所以我也不想太過計較。

當我的意識逐漸恢復之後，才有時間好好地詳細觀察對方。納十有點憂地看著我，完美的外型並不會讓他看起來很陰柔，態度甚至比之前還要來得更加有禮貌，他今天的打扮，也不同於先前劇中男主角的壞男孩風格。

就算只是樸素的打扮，看起來也好像是準備要去擔任平面模特兒的拍攝……差不多就是王子喬裝後從皇宮裡面逃出來玩耍的概念。

那雙眼睛還是直勾勾地盯著我看，就算有一些不自在，我還是努力堆起笑臉。

臭石頭，你是死到哪裡去了！這個臭小子又跑來出現在我面前了，是沒看到嗎？

「是來上洗手間的嗎？」

「不是。」

我豎起眉毛，左右張望了一下，右手邊是走道盡頭的牆壁，至於左手邊……「喔！原來是來買飲料的啊。」

「不是，我是來找基因先生的。」

我呆愣了一下。「哈？找我？」

「對，起初我以為你回去了，後來我問了一下劇組人員，他們說基因先生去洗手間了。」

「喔！那麼你找我有什麼事情嗎？還是說，是劇本的事情？」

被我這麼一問，面前的人就露出了怕會麻煩我的表情。「是的，有些部分的劇情還有性格我還是不太理解，所以想要跟基因先生請教。」

「哦。」我這才恍然大悟，轉身把咖啡罐丟進垃圾桶，動了動身體，正色道：「是哪個部分？」

「現在還不是問的時機，但是我想要……跟你要個聯繫方式，可以嗎？」

「沒有問題，哪邊有需要幫忙的地方儘管說，電話是……不對，LINE 比較好。」

我把手伸進包包裡面拿出手機，進入到APP綠色的畫面之後，打開自己的 QR Code 畫面。

一開始原本是答應要給電話號碼，因為看起來比較正式，但是我這個人的睡覺時間很不固定，如果納十在我睡覺的時候打電話過來諮詢，我可能會沒有什麼心情給予他建議。假如不是什麼急事，在LINE裡面留言或許方便得多。

「十！」

就在我正準備要把手機遞給面前的人掃描時，被某個人的叫喚聲打斷了。

我和納十同時轉過頭去看向聲音的來源，接著就看到某個嬌小的身影跑了過來，對方抓住納十的手臂不輕不重地晃著。

「十，我找你找很久了，等一下還要回去學校嗎？」

這不正是飾演受方男主角的邇頤嗎？

「嗯。」

納十停頓了一會兒，一雙眼眸好像蒙上一層薄薄的冰霜。

我望向他們，同時把拿著手機的手放下來，這兩個人這麼親密的樣子，讓我訝異地豎起眉毛。

再次清楚地看到邇頤，才發現他真的看起來很可愛且惹人疼。嬌小的身子比我矮了好幾公分，纖細的手臂被包裹在針織棉衣底下，袖口的長度一直延伸到手指一半的位置。

「喔，這不是基因哥嗎？」

就在這個時候，邇頤才轉過頭來看我，清亮的嗓音帶著驚訝地向我打招呼：「基因哥還沒有回去呀？聽製作人說你已經回去了，起初我還想要來找你聊天的呢。」

我禮貌性地露出淺淺的微笑。「我正要回去了。」

「哦……」

「邇頤弟弟跟十八……納十是朋友啊？」我忍不住問出口。

我平常不是這麼八卦的人，這必須要先聲明，只是剛好這兩個人都出演我的小說作品，而且外型上也很適合。即便跟納十相比，邇頤有點太過嬌小，不過大部分的人都比較喜歡受方男主角或是女主角身材嬌小，像是一隻小貓一樣，需要被保護與呵護。看他們這麼要好，真是令人欣喜。

「是，邇頤跟我是讀同一個系所的朋友。」

「喔！你們是一起相約來遴選的吧。」

「實際上……不是這樣的。」邇頤羞怯地笑。「我偷聽到負責人跑去跟十聊遴選的事情，所以才跟著報名的，通常我只拍攝一些時尚雜誌的廣告，這是我第一次出演電視劇。」

……原來是這個樣子。

我輕輕地點點頭回應對方的說明。「雙雙通過遴選也好，你們這麼要好，一起表演也比較不會尷尬。」

邇頤很可愛地睜大了雙眼。「有的時候反而會覺得更害羞呢。」

「哈哈，總比對別人害羞來得好吧。」

「謝謝你。」

我微笑著，表現出長輩親切的形象。「ＯＫ，那就再見嘍，哥要回去了。」

我舉起手示意接受邇頤的行禮，但當我把視線轉向納十，錯愕地愣了一下，因為他緊緊凝視著我的眼神，我讀不透它，而且我也不想要盯著去解讀。我選擇朝他點了點頭之後，馬上轉身離去。

耳裡稍微聽到這兩個人在後方爭論的聲音，但我並不怎麼感興趣，這時才想到某個人。

是說……石頭這個大白目真的很欠人罵，到底是死到哪裡去了啊？

雖然會議已經結束一段時間了，但不要以為這樣子就結束，拍攝戲劇或是電視劇，每一齣都有非常繁瑣的步驟，一旦開會結束之後，接下來就是……開機儀式。

這一次我讓石頭先去通知劇組人員，由於還有一些工作要處理，我只能在儀式的後半段出席。這次的工作是真的工作，絕對不是為了偷懶的藉口。前一天我從公寓裡面帶了兩、三套衣服出門，完全沒有碰到我的初稿，因為得睡在醫院裡看護背部開刀的外公。

直到護送老人家回到家裡之後，石頭非常巧合地打了通電話進來。

「你這個人也太準時了吧。」我接聽之後，對著電話那頭無力說道。

「哥說大概這個時候會結束，我當然得設定鬧鐘提醒啊。現在已經把外公送回到家了對嗎？老人家狀況怎麼樣？」

「嗯，還行，沒有什麼大礙了，如果這次沒有生病，他還是很健康的。」

我一邊回話一邊戴上耳機，然後伸手去換排檔，為了從社區巷子裡面倒車出去。

「這樣就好了，那麼哥呢？還行不行啊？」

「如果我說不行呢？」

「不行還是得來，之前試裝的時候哥也沒有出席。」

我用鼻音朝他哼了一下。「好啦、好啦，我這不是正要出發嗎？再二十分鐘抵達。」

一掛斷石頭的電話之後，我就專注地開車前往目的地。

其實我早就跟石頭說過好幾次了，假如不是什麼重要的事情需要作者配合的話，我就沒有出席的必要了，但是那傢伙每次都還是會發 LINE 訊息說要過來接我。只要劇組那邊有什麼事情，他就會迂迴曲折地找一堆理由勸我一定要去，說是去露面看一下最好不過了，從演員試裝到祭拜儀式一直如此。

我照著石頭貼到 LINE 裡面的座標開車抵達目的地，當我一發送訊息給那傢伙，他就立刻現身迎接。他穿了一套正式的白色套裝，迅速地揮動手臂示意我把車子停到另一邊。

「哥，大家正在唸經呢。」

我點了點頭，望向前面的儀式進行地點，因為大白天的陽光太過毒辣而瞇起雙眼。

遮陽棚架起了三個，用來進行儀式的桌子上面擺滿了金色的托盤，中午時段點的線香煙霧繚繞，畫面看過去模模糊糊的。每一位參與儀式的人都穿著一身白，大家虔敬地雙手合十敬拜，可以看到有人拿著相機在記錄畫面，這個人或許在拍完照片之後會整理發布給媒體做廣告。

「等他們唸完經之後再進去好了。」我下了決定。

「那樣也行。哥，先在這附近待著，等一下我再繞過去拿水給你喝，還有三明治，要吃嗎？」

「白開水就好了，非常感謝你。」

石頭點了點頭，接著就跑來跑去滿場飛，至於我則是接過他遞來的塑膠杯水，小口啜飲，消消暑氣。我不斷地掃視周遭的環境，看到遠處有好幾張沒有人坐的藍色塑膠椅，可是我仍舊選擇站在樹蔭下，似乎會比較涼爽些。看膩了眼前的景象之後，我就拿出手機滑著玩。

就在此刻，編輯群組貼上了一張截圖，是我的小說推特上面現場祭拜儀式的最新照片。

我無法抑制好奇心地點進畫面放大查看，接著就看到了導演邁先生、製作人，以及納十、邇頤與其他幾個重要的演員，各自穿著一襲白色套裝。站在一起的畫面很順眼，訊息內容當然與演員的介紹脫不了關係。

我讀了一下剛跳出來的 LINE 訊息。

「得感謝找到納十來演出男主角，知名度又更高了，線上購買書籍的訂單暴增了許多。」

訊息來自其中一位編輯，我不由得皺了皺鼻子。這麼公開的巴結啊？

「基因……」

「基因，基因是你嗎？喂，基因！」

正當我忙著打字，準備在群組裡面回嗆的時候，聽見一陣又一陣的呼喊聲叫著我的名字。

我抬起頭，就看到一位穿著白色襯衫的男人。他的鼻梁上戴了一副厚框眼鏡，看起來不像是書呆子，因為他頭上頂著一頭雜亂無章的頭髮。對方在好幾步遠的地方盯著我這邊看。

「達姆？」

「果然是基因！是我啊，達姆。」

「嗯……」我豎起眉毛。「是。」

這個名字的主人笑得很開懷，都看到牙齒了。他很快地走到我的面前。

「怎麼是這副表情？不要跟我說你忘記我是誰了，從大學畢業後還不到十年耶，別表現得像是老人一樣好嗎？」

對方厚實的手掌輕輕拍了拍我的肩膀，就在我皺緊眉頭盯著他的時候。

「達姆……達姆？臭達姆？你這傢伙是達姆嗎？」

「哈哈哈，嗯，正是老子。」

我睜大雙眼，驚訝地張大嘴巴，從頭到腳地審視面前這個人。

大學的時候我有一個不太熟識的朋友，和我是同一個科系、修同樣課程，他的名字就叫做達姆。達姆這傢伙不算是一個書呆子，也不是那種孤僻叛逆的學生，雖然戴著眼鏡、背背包，但是菸酒均沾。想當年他想要戒掉菸酒的時候，還跑來找我諮詢該怎麼開始比較好，我自己是從高中的時候就成功地戒掉了。

因為跟他不是很熟識，畢業之後就沒有再聯繫了。別說是他了，就連那群比較要好的朋友，畢業之後也只聯繫了頭一、兩年，接著就慢慢地疏遠了，大家都有各自的新生活圈，這本來就是一件很正常的事情。

我在思考的時候，眼睛不停地上下打量面前這個嘴巴依舊閉不上的人。

「這樣子看我是什麼意思？」

「沒有……只是在想，如果你是達姆，可以說是變了，也可以說是沒有變。」

這番話逗得對方哈哈大笑。「都已經過了好多年了，你才是吧！看起來還是一臉稚氣的模樣，但是皮膚比以前更加蒼白了。」

「因為我不太常出門啊。」

「不太常出門？不要跟我說你在家裡當米蟲給父母養啊？」

我瞇起雙眼，很想伸出手去打這個大學同學的頭一下。

如果是別人可能會生氣，但是我大概瞭解他的個性，而且我也知道他這麼嘲弄我，只是為了讓我們的關係可以回復到以前一樣，或者是更加要好一點，畢竟我們很久沒有見面了。

「搞笑喔，我不太常出門，也是為了工作啊。」

「工作？」起初達姆看起來很吃驚，接下來就轉動著眼珠子好像在思索著來龍去脈。或許是因為理出一個頭緒了，所以他眼睛才會瞪得像是快要掉出來一樣。「等一下，他們嘴裡提到的基因先生、基因先生，是撰寫這一部電視劇小說的人，不要跟我講說……」

我望著眼前這個話說到一半的人，雖然在朋友面前有點害臊，但還是裝作一副沒什麼大不了的樣子，悠悠哉哉地點了點頭。「嗯，正是老子。」

「幹……」

「……」

「之前就聽說過作者的名字叫做基因，我家孩子也有提到你，完全沒有想到他們所說的基因竟然和我的朋友是同一個人，這世界真他媽是圓的。」

這個句子乍聽之下只是在表達震驚，但是我聽了之後反而很在意一個點。

「給我等等，你家孩子？你家孩子提到我？」

「嗯，有來遴選你的小說角色啊！這次也有加入演出。」他說完之後呵呵地笑了起來。

但是我呢，這次眼睛瞪得比他還要大。

這傢伙竟然有孩子了……

「你家孩子，別跟我說是邇頤。」

他豎起眉毛，又揮了揮手。「不是、不是啦，你應該已經跟他聊過了，就是十啊，納十。」

「納十？」

「嗯？幹麼這麼大聲。」

「你是在包養納十嗎？」我說完之後，像是個笨蛋一樣瞠目結舌地呆愣了兩、三分鐘，後來才找回理智，皺著眉頭看著他。想當然耳，我這次比上次更加認真地掃視面前這個人。

達姆的形象看起來就像是一般的男人，不過身高目測跟我差不多，納十跟我比起來又更高一些，當然……雖然身高並不能代表什麼，但是他這個樣子讓我嚇了好大一跳。

「等一下、等一下，幹！你是想到哪裡去了？果然真的像作家。」達姆搖了搖頭。「不是那方面的孩子啦，這裡的孩子指的是我關照的孩子，我的工作是經紀人，差不多就是那類型的工作。」

「經紀人……」

我喃喃自語地咀嚼著文字，當我吸收完這些內容之後，表情也跟著逐漸緩和下來。

暗自鬆了一口氣，並不是因為我對同性關係有什麼意見或是厭惡感，只是如果看到這兩個人在一起會不知所措，想像著朋友和帥氣王子形象的十八號翻雲覆雨的畫面實在是很詭異。

「那你幹麼不一開始就說清楚啊？這樣子說，任誰都會跟我想的一樣吧。」

「哈哈。」他又笑了，看起來好像是覺得很爆笑。

「再說，就算你是經紀人，但是形象卻完全不是那麼一回事呀。」

達姆聳了聳肩膀。「你也知道我姊姊是在做模特兒事業的，我剛畢業的時候不曉得要做什麼，就被姊姊拜託來幫忙，幫來幫去不知不覺就變成這個職業了，我也不知道怎麼會這樣。」

「喔！這樣也好，可以幫忙家裡。」

「幫忙，但是不怎麼喜歡就是了。」

「但是你家孩子看起來很乖很聽話啊，工作上會有很多問題嗎？」

「很乖很聽話？」達姆張大雙眼，露出不可置信的表情。「說的是那個孩子嗎？很乖很聽話……外在假象真是操蛋的太可怕了。倒是你，說來說去沒有想過你會跑去當作家呀，甚至寫得紅到可以拍成電視劇了。」他露出微笑，舉起手又拍了我的肩膀一下。「我已經看過納十的劇本了喔，很美味。」

「幹。」我輕聲咕噥：「為什麼要去看？」

「啊？因為我是納十的經紀人啊，當然會想要知道我家孩子要出演哪個類型的戲劇。」

我無奈地翻了個白眼，不再多說些什麼。

達姆應該是看穿我在害羞，所以放聲大笑，一邊做出揶揄的表情。不過好在他願意轉移話題，因為很久沒有見面了，講來講去還不就是那些話題，最後我們的對話因為接下來的宴請活動而結束。

一開始我還覺得有點疲憊，但是當我知道達姆也會一同出席，心情有稍微開心了一點。

「不管怎麼樣，我們都好久沒有碰面了，今天晚上我們就來好好地聊一聊吧。我的 **LINE** 帳號跟手機號碼都換成新的了，稍後我們來交換一下，這樣下次才能——」

「達姆哥。」

我跟達姆同時轉向聲音的源頭。這磁性飽滿的聲音，不難猜出是誰……

十八號穿了一套沒有任何線條的白色套裝，整體看起來很舒服，由於對方帥氣的臉很吃香，穿這套衣服完全不會看起來像是素食餐廳的大叔，即便他看過來的眼神有些平淡也不影響這份帥氣。

「喔，臭十，已經唸完經了嗎？」

「嗯。」這個人簡短地應了一聲，接著才轉向我，露出淺淺的微笑。「基因先生。」

就是這樣……達姆，你家孩子真他媽的有夠諂媚。

我在心裡偷偷地翹起嘴角，但是實際上表現出來的態度是禮貌地露出微笑回應對方，同時點了點頭。「你好。」

「來很久了嗎？」

「有一陣子了，但是很碰巧遇到老朋友。」

「朋友……」納十喃喃自語，接著把眼神掃向達姆的方向。「基因先生跟達姆哥是朋友嗎？」

「嗯，基因這傢伙是我大學時期的朋友，我也是剛碰到他時才發現。」達姆代替我回答。

「喔……」

我再次輕輕地點了點頭，一看到納十沒有再說話，就轉過去看著身旁的朋友，他正伸手抓起胸口上的衣服揮動著。

「就這樣吧，在這裡站太久都熱起來了，我們過去那邊比較好。經也唸完了，等一下他們才不用找人來叫我們。」

達姆伸出手臂搭在我的肩膀上，另一隻手搭在納十的肩膀上，然後使力推著走，我也配合地跟著移動腳步。

碰到老朋友，我就忘記了石頭。

我們一進到棚子裡，先是向劇組的工作人員打聲招呼，再分散去坐著休息，我招手喊達姆過來一起坐。

至少，在一群不認識的劇組人員當中，不會覺得像一開始那樣不自在。

數到三

「嗯，很好很好，攻方男主角這種冷漠安靜的樣子很受歡迎。」編輯大姊如是說，然後把平板電腦放在桌子上，我看到 Word 上面令人眼花撩亂的文字。「這樣子可以通過，繼續寫吧，基因。至於合約的事情，我再讓石頭聯繫你。喔！但是這一次，性愛的場景，姊想要美味可口的喔，令人忘我的那種美味。」

「哈？」

「通常其他作者在寫的時候，那些發生性關係的場景都是一步一步進行的對吧？接吻、親脖子、舔胸部，接著就蹲下去了，用手指先適應一下然後插入，什麼撞擊啊，這種調調。」

「啊……我說姊。」我皺著眉頭，身體坐得很直，眼珠子焦躁地左右掃視。因為她老人家的說話音量一點也不小，下午的咖啡廳這個時候相當安靜，她說出來的一字一句，客人們都聽得一清二楚。

「姊想要讓你別出心裁，可以有一些言語上的挑逗，露骨的、緊張的，讓畫面看起來比原先要來得更性感，步驟跟姿勢不用跟原先一樣也可以，總編輯不是已經派人送一堆書籍過去了嗎？試著看一下國外怎麼寫的。小說情節啊，現在已經沒有問題了，但是如果基因照著姊說的再加強一下內容，肯定會比原本的更加完美。」

「ＯＫ，ＯＫ，知道了，我回去會試試看的，這件事情之後再談比較好，還有六、七個章節才會寫到。」

「嗯，那就照這樣子啦。今天姊還有其他的事情，申請外出的時間才兩個鐘頭而已。」

「好，非常感謝。」

我看著編輯大姊拿起包包推開玻璃門走出店外，在那之後我嘆了一口氣。

先前我把初稿的工作處理到第五、第六個章節，原本想要寄送電子檔給編輯大姊，但恰巧碰上她計畫外出的日子，她說想要跟我談談，所以一大早就先跟我約出來見面。

我們約的地點是席隆路上一棟出租建築物裡面所開設的咖啡廳，向外望去可以看見大馬路上來來往往的車輛，巷子邊有販售番石榴果汁的攤販。我盯著女老闆切著番石榴的手，腦子裡不斷地想著一件又一件的事情。

之前所寫的小說……我承認最大的問題就是性愛場景。活到這把歲數，並不是不知道男人之間怎麼做愛、用什麼做愛，但是要把這些過程寫出來，我必須要找資料、翻書、搜尋網路，那陣子很擔心如果父母看到我的瀏覽紀錄，一定會以為他們的兒子變成Ｇａｙ了。

先前就已經提過，我不是一個臉皮很厚的人，索性就選擇仿效大部分作者所撰寫的性愛步驟；這或許也是編輯擔心的原因，怕我目前的作品會和先前的太過於雷同，所以才會半強迫地給予建言。

我又嘆了一口氣，現在腦子裡面想不出任何東西，心想先回到房間後再安安靜靜地仔細思考好了。我拿著帳單去付錢，之後頂著炙熱的太陽回到車子上。

就在我換排檔準備要倒車駛離小巷子的時候，突然之間，手機鈴聲響起。手機螢幕顯示著「達姆」，我先前才跟他交換過電話，無奈的情緒瞬間化為烏有，立刻接起電話。

「嗯，怎樣？怎麼會想到要打給我？」

有好幾年的時間沒有跟大學同學聊天了，一旦有機會與達姆再相會就覺得特別高興。那天在祭拜儀式之後的宴席上，我們交換了手機號碼還有LINE，我們說定之後找一天再相約出來見面。但是我跟他好像都很忙，所以才會老是找不到合適的時機。

「喂，基因，我有急事，方便碰個面嗎？」

「哈？」

達姆冒出的第一句話讓我傻住了，電話那一頭的聲音聽起來是既焦急又有所顧忌。「還算有空，我現在在席隆路這邊，過來跟我碰頭也行。」

「這樣子好了，就去你的公寓碰面吧。」

「我的公寓？」

「嗯，到了之後再聊，把座標發給我，我現在就過去。」

「啊啊，好啦，但是我現在還在外面，如果你先到了，就在樓下等吧，我盡快趕過去。」

「真的是太感謝你了，再見。」

他說完這些話之後就掛上電話。我雖然對於朋友快人快語的行為感到困惑，但是現在也不知道發生了什麼事情，索性就把手機丟到旁邊的坐墊上，踩下油門離開現在停靠的位置。

話說……為什麼他一定要在我的公寓談？不是我多想，只是覺得很奇怪，畢竟已經有好幾年沒聯絡了，上次碰面之後雖然有變得比較熟識，比之前更要好了，但是他突然之間打電話過來說有急事，總是會令人掛心的吧？還請求要在公寓裡碰面，任誰都會懷疑的吧？

開車的路上，我一直抱持著那樣的心情。當我把車子停妥在公寓大樓的固定車位，抓著鑰匙繞到大廳前面，跨出去的腳步突然間停了下來，靜止在原地。

「基因！基因！」

站在玻璃門前面的達姆扯著嗓子揮手。

我的眉毛稍微皺了下，但還是走到了達姆還有……十八號面前。

沒錯，達姆不是一個人前來找我的，他身後還跟了個隸屬他們公司的高個兒大男孩。

我是先看到納十那張帥氣的臉，後來才看到自己的朋友。納十實在是太過搶眼了，當我看到不應該現身在此的人就出現在這裡，不由得露出呆滯的表情——不只是因為這樣而已，因為納十旁邊還立著一個大型的黑色行李箱。

什麼情況？是準備要去其他府拍戲還是怎樣？

「嗯，我來了。」我的眉頭緊蹙。「是什麼急事？為什麼一定要到我的公寓聊？」

「先上去房間聊比較好。」

「哈？」

這一次，我的眉頭皺得幾乎要打結了，達姆好像也注意到了，所以沉默了一會兒，露出了很為難的表情。

「我打擾到你了嗎？」

我的雙脣輕啟，默默地吐了一口氣，再次看向那傢伙的臉。「好吧，來都來了，想去房間就去房間。」

「如果令你感到不開心，我先跟你道歉。」達姆表現出非常害怕麻煩到我的神情，為此我才沒有擺出臭臉。

真是孽緣！打電話過來說有急事，然後就叫我回來，甚至還請求要進到房間裡面聊，都已經做到這個地步了，竟然還敢露出一副怕麻煩到我的神情，看著很想伸手去敲他的頭。

我把手伸進口袋裡面掏出感應卡，就在我要走過去刷玻璃大門的感應器時，站在一旁的納十自然地轉過來向我點頭致意。

當然，雖然納十禮貌的笑容很淺，卻帶著耀眼的光環。

我帶著這兩個人進入大樓，即便很想要問為什麼要拖著這麼大一個行李箱，但是內心深處卻警告自己絕對不要開口說話。我再次拿起感應卡刷電梯，按下我的住處樓層，第十七樓。

搬進這一棟公寓大樓的第一年，我是分別向父母還有哥哥借款繳房貸的。那個時候才工作五、六個月，公司地點位在市中心，但是我家住得相當遠，所以做了一些功課，找到了這棟很不錯的公寓大樓，離捷運站也近，在那之後才慢慢賺錢還給家人。現在已經全部償還了，車子的貸款也差不多要還完了，不過仍舊沒有什麼存款。

我的房子位在走道的最後一間，當我把房卡放在大門手把下方感應時，率先開口說道：「房間有一點亂，因為剛好比較忙，所以沒空打掃。」

「沒關係、沒關係。」

達姆非常識相地立即回覆。

「吼……」

但是當我們一進到屋子裡面，馬上就聽到朋友的驚嘆聲，後續陷入一片沉默，我只能抽動著嘴角。

他吼那一聲並不是因為房間有多高檔，而是因為我的房間很雜亂，雖然很亂但是並不髒。客廳裡除了一張矮桌以及用來看電視的沙發之外，此刻堆滿了紙張，還包含了一些男同志小說以及卡通，為了增加寫作靈感我才會搬過來研究閱讀。

雖然有一點害臊，但是也好過是被別人看到，因為這兩個人早就知道我寫的是哪一類型的小說。

「啊，就坐在這裡吧，水放在廚房的冰箱裡面，我先把書收進櫃子裡，等我一下子就好。」

「我幫忙。」

當我正想把沙發上面亂七八糟的書收到另外一邊的時候，納十移過來擋住去路，還沒有經過我的允許，就擅自彎下身取走我手上的東西。

「要放在哪邊？」

我站在原地，雙手放下來貼在身體兩側，瞇起眼睛望向他。

可是納十卻露出微笑。「表情這麼可……嗯，這個表情是什麼意思呢？」

「啊？喔！」我的眉毛稍微豎了起來，因為只顧著在心裡想，十八號到底要巴結我到什麼地步？當我看到對方的神情之後，就心虛地指向後方。「放在那個櫃子，臥室前面最旁邊那個。」

納十點了點頭，聽話地幫忙打開櫃子把東西放進去。見到有人自告奮勇要幫忙，我也就不推辭了，反而落得輕鬆，乾脆坐著等那個去廚房冰箱拿水的達姆。

沒多久達姆就一臉清爽地走回來，順手拿了一瓶水給納十。

我放下手機，點頭示意達姆跟納十那個孩子一起坐在對面的位置上。「現在是什麼情況？你所說的急事。」

「嗯哼……」

「……」

「基因，你的公寓啊，有三間臥室吧。」

「嗯。」

之前跟達姆交換 LINE 的那天，彼此聊了一些無關緊要的話題，也有聊到住宿。我知道他還是住在家裡，但是久久一次會住在模特兒公司裡面；他也知道我買了一間公寓自己住，主要是為了未來的家庭才挑了多間臥室的格局。

「現在你也是自己一個人住，所以請讓納十——」

「不！」

「幹！我都還沒說完耶。」

「都預告成這樣了，你以為我猜不出來嗎？你這個損友。」我臭著臉盯著達姆，當然嘍，我在拒絕的當下，連眼角餘光都沒有瞥視納十那邊。

虧我還想說納十拖著行李跟著達姆來找我，是因為等一下要趕到其他府工作，行李大包小包的要隨身帶著也是很正常的事情，有可能是擔心裡面的財物所以不想要丟在車子裡面。但是當達姆這個損友拐彎抹角地提到我的臥室有三間，僅僅是這樣……

是怎樣啦？我不應該心軟讓他們進到房間裡來的。

「喔！基因，我拜託你了，現在有一點點住宿上的問題，讓基因住一個月也好，一個月就好了。」

「不。」

「不然三個星期就好？」

「不要！」

「兩個？」

「畜生，不管是幾個星期我都不要！」

達姆露出壓力很大的表情。「我拜託你也不行嗎？我跟你下跪，不是因為我想要麻煩你什麼啦，我是真的走投無路了啊。納十的家住得很遠，因為他要上課還有工作，所以我才會讓他住在模特兒公司裡面，但是我姊又去簽了兩、三個新人進來。」

我別過臉，不願面對那個凝視著我並且不斷解釋的人。

「那些孩子也正在找房子，但是納十，嗯！會變成這個樣子也是因為納十，我是不知道我姊跟他到底聊了什麼才會造成這個情況，最後納十就變成了那個沒有地方住的人。」達姆說道，接著抬起手扶住額頭，自顧地又嘀嘀咕咕了一大堆：「結果現在變成我要來操這個心，接下來還有電視劇拍攝的工作。」

「那就回家去住也行啊，是你自己說一個月的。」

「剛剛所說的一個月，只是大概估計的時間而已，如果處理好房間的事情，就會立刻安排，在一個月內準備一間新的房間給他。」

「那麼去住飯店也行，你家又不是很窮，幫自家的孩子出這點錢，小菜一碟吧。」

再者……就我的觀察，看納十的樣子也不像是有多窮困。雖說他家住得很遠，但這也有兩種說法，若不是家中窮困潦倒，買不起市區的公寓，不然就是住在那種因為需要很大的土地坪數，所以蓋在外縣市的大型住宅區。我想納十的情況應該是後者。

「你瘋了嗎？」達姆睜大了眼睛。「納十是個有知名度的人，去住飯店根本是自找麻煩。」

「粉絲圍堵守候以及跟蹤等問題，飯店沒有隱私的啊。」

「你就找那些只住外國人的飯店啊，應該不難找吧。」

「基因，還有狗仔隊的存在啊，如果傳出納十頻頻進出飯店的新聞，事情就大條了，就算接受採訪，解釋只是暫時住在飯店裡面，誰會相信啊？」

我嘆了一口氣。「為什麼你問題這麼多？不然就讓他睡你家啊？」

「一開始我也是這樣想的，但是我家也在外縣市，比納十家更遠，他要上課或是工作一定會很不方便的。」

「……」

我聽著他一次又一次地駁回，差點就要抓著自己的頭去撞前面的矮桌，最後什麼話也說不出來了。

我腦中不停地幫忙找方法，花了好一段時間想來想去，最後忍不住轉過去看靜默不語的納十，隨即發現對方正盯著我瞧。

十八號的神情看起來……既不好意思又愧疚。

不要、不要、不要，別用這種眼神看我，這會讓我看起來像是在拒絕幫助從皇宮裡面逃跑出來玩耍的王子，為了爭奪他的王位這類劇情。

就算拒絕他也是我的事，這是我的公寓、我的房間，我沒有錯，但為何會覺得我像是一個沒有助人之心的人？

「那個……你也知道我跟納十沒有那麼熟。」我說得很慢，明白這麼說會讓聽的人感覺很糟糕。「就算你說只是暫時住在這邊也好，但是我的工作得在家裡進行，我們都需要有一些隱私，不只是我，納十也是。」

「納十沒有問題的，對吧？」

我轉過頭去看向納十，然後就看到他點了點頭。

喂！事情大條了。

「我認真地問你，真的沒有其他地方可以住了嗎？」

「我也正想要告訴你……在這之前的整整兩天，我開著車子四處去找，還打電話去拜託別人，講到電話都要燒起來了，納十大學附近的那些大樓跟宿舍最近也不是遷出、遷入的期間。我明白我們才剛聯繫上，突然間要這樣子麻煩你很不好，但是我現在真的沒有別人可以拜託了，所以才會過來懇求你大發慈悲。」

「……」

「基因，我拜託你了，納十不會白吃白住，那些水電費我會讓他幫忙支付，然後……」

「……」

「然後……然後……嗯……」

「我可以幫忙整理房間。」

我原本盯著達姆的眼睛，自動地轉向聲音的主人。

「整理房間？」

「是的，如果基因先生沒有空整理，我可以做。」

這次我的眉毛微微地豎起。

「嗯，這位大師的房間整理得一塵不染，保證你看不到一丁點灰塵，任何一個角落都能鑽進去清潔。」達姆廣告得不遺餘力，比納十本人都要來得誇張。

「是嗎——」

我拉回視線，不再多問，一看就知道他在說謊。我腦子像縫紉機打下來的針一樣快速地動著，想不出來該怎麼辦才好，同情是同情，但是我也同樣很為難。

一個月……

「就一個月而已，基因……」達姆似乎可以讀出我內心裡的猶豫，趕緊又補了幾句：「就像是納十說的那樣，你可以使喚他，想讓他做什麼就直接說，就當作是打擾你的代價。」

「……」

「要收多少水電費也直接說。」

「呵！可真是煞費苦心。」我忍不住諷刺，用鄙視的眼神看達姆，一邊發出呵呵的笑聲。

我一語不發地來回掃視達姆還有他的孩子好幾分鐘，最後嘆了好大一口氣，調整了舒服的姿勢讓背部倚著沙發，放鬆肌肉。

「你的決定是……」

「嗯，不用再拐彎抹角了，一個月就一個月。」

「基因——」達姆拉長尾音叫著我的名字，一臉感動。

至於納十則是嘴角上揚了不少，我眼角餘光瞄到他一副想要開口致謝的樣子，但很不巧我並沒有正眼看著他。

「至於那些家事還有水電費就不用啦。」我邊說邊揮著手，我看起來也不像是會對孩子有壞心眼的大人，再者就是……納十不管怎麼看都像是個需要被呵護的王子，讓他做那些家事不知道受不受得了。

「你真是個大好人，基因，比起我打電話去拜託的那些人要好太多了。」

「……」

「真是太好了，超有愛心的，你最棒了。」

「夠了，我都要吐了。」

達姆笑得很開懷，那如釋重負又輕鬆的表情看了就令人火大。他舉起手推了推眼鏡之後動了一下身體。「我偶爾會繞過來找納十討論工作的事情，但是會盡可能地不打擾到你。」

「嗯。」

「還有一件事情……可以說是非常剛好，納十也出演了你的電視劇，假如你不滿意或是有什麼指教，可以直截了當地告訴他。」

在那之後，達姆又解釋了一些納十的工作、可能會與住在這間公寓的生活方式相關的事情，話一說完就轉過去跟他家的孩子談話。

我坐在一旁看著這兩個人好一會兒，最後決定起身去拿一大串鑰匙來拆分。這串鑰匙是在搬家的時候拿到的，包含了每一間房間的鑰匙，就放在電視櫃附近的櫃子上層。

我的公寓有三間臥室，最大的那間是我在使用，至於另外兩間比較小，但也夠寬敞了，有現成的家具，只不過得到外面使用洗手間；假如想要泡澡，也只有我房間裡的浴室是唯一有浴缸的。通常我房間都不會上鎖，但因為有人要過來一起住，所以就把自己的房門以及其他房間的門關上。

我把鑰匙提在手上，再次走回沙發的時候，達姆已經站起來了。

「基因，我還有其他事要繼續處理，就是我姊的事，還有納十得把東西運出來的事。」他說道。

至於我呢……有點不自在。為什麼他要這麼趕？帶著十八號貼過來，我都還沒來得及做好心理準備，現在就要丟下我跟那個孩子單獨在房間裡了嗎？

「之後我還會再過來一趟，有什麼事情隨時都可以發LINE給我，喔不對，是直接打電話給我也行。」

「嗯。」

「不管怎樣……」達姆的眼神瞥向我身後，看了納十一眼之後才再度把眼神移回來看我，抬起手輕輕地拍了拍我的肩膀。「我就把納十託付給你照顧了。真的很感謝你。」

我吐了一口氣，又是老話一句：「嗯。」

「那我走嘍，拜。」

他推開大門要關上，我卻伸出手去阻擋，使得他露出一副困惑的神情。

「幹什麼？」

「自己下去是要怎麼開門？你沒有感應卡。」

「喔！咦？嗯，真的耶。」他發出了詭異的聲音之後乾笑幾聲，側身讓出一條路給我。

當我再度向後看往室內，就看到納十移動腳步走了過來，忍不住開口說道：「你就在這裡等著吧，我先送達姆下去。洗手間在廚房裡面，如果需要使用的話。」

「好。」

我像死魚一樣沒有情緒地盯著納十，雖然他只是淺淺一笑，卻帶著王子般閃亮亮的光環。接著我才關門下樓，像個認命且已經無從選擇的人一樣，我在內心裡面默默地和自己對話。

就這樣吧，照顧就照顧……

十分鐘之後，我轉動門把，再次回到房間裡面。把鞋子脫下來收進鞋櫃裡面，抬起身來的瞬間，我整個人愣了一下，因為我看見有一具修長的身影杵在玄關，納十不曉得什麼時候走過來站在這裡的。

「啊……納十。」

「送達姆哥回去了嗎？」

「喔！回去了。」

一聽到我那樣子回答，納十淺淺的微笑又更加燦爛了，看著會感覺到心跳加速，我忍不住別開眼神。

這些演員的笑容實在是太令人難以招架了。

我安靜地站著，感覺這裡突然間不像是我自己的房間，直到大腦的理智大聲地喚醒我，讓我知道到底發生了什麼事情，我才又繼續動作並開口：「你的房間在這邊，拿著行李跟上來吧。」

我要給納十住的房間，通常不太有人使用，頂多只有家人在這邊過夜兩次而已，床上還鋪著防塵布。大門一打開，我的臉馬上皺了起來，轉過去看向拉著行李箱跟上來的納十。

「我自己一個人住，所以這間不常使用，灰塵可能有一點多，待會去拿工具一起來幫忙打掃。」

「等一下我自己來就可以了。」

「我可以幫忙，今天剛好有空，你就先去把家具上面的防塵布移走好了，注意一下塵蟎啊。」我憂心地提醒道。

起初怕納十應該完全沒辦法做家事，所以要幫他整理，不過想來想去覺得不妥，這樣不就變成全部都是我一個人在做了嗎？

我走出去把所有的清潔工具都抱進房內，哪些會使用到，哪些不會使用到，我完全不清楚。通常我的房間髒亂了並不會特意去收拾，等到真的受不了了，開始找不到東西了，才會打電話向公寓大樓預定清潔人員打掃服務；

也因為這樣，當我一把道具都搬到了屋內，接著就站在一旁盯著它們好一會兒。

「等一下我幫你吸個灰塵，剩下的，啊，你就自己看著辦吧。」

假如做不來，稍後再打電話請清潔人員來……

「好。」

我拿起吸塵器打開測試，電量看起來還很充足，就直接出手整理。

灰塵相當厚重，每滑過一回，就能看見一大片的灰塵被吸起來。每次清潔人員來打掃的時候，我也沒有打開這間不常使用的房間，好在小型沙發還有床上面都蓋了防塵布，才不至於沾染上太多的灰塵。

「基因先生。」

「基因。」

「基因！」

「啊！」我的右手感到一陣溫熱，嚇了一大跳，瞬間把手抽回來。

原本沉浸在吸地板的樂趣當中，久久不能自已，突然之間那個十八號不知道在發什麼神經，一語不發地走過來靠近我，接著就用他厚實的大手貼在我的手上。

就在我關上吸塵器之後，它那嘈雜的聲音安靜了下來，我皺著眉頭轉過去問：「怎麼了？有什麼事嗎？」

「嚇到你了嗎？我喊你很多次了，但是你都沒有聽見。」

當我聽完對方的解釋之後，就放鬆了下來。我望著手中的吸塵器，才意識到是因為它在運作時所產生的巨大聲響讓我沒聽到。「喔！抱歉，怎麼啦？還是說做不來？如果做不來沒有關係的。」

「不是的，我只是想要告訴你……」納十的眼神瞥向我手中的工具。「如果不吸地板，不能這樣子舉起來，它還有一臺小吸塵器可以拆下來使用。」

一說完，納十就彎下身去按按鈕，把另一臺小吸塵器拉了出來。

「如果要在床上或者是桌子上使用，拿這個比較好。」面前這個人客氣地說道，從我手上搶走大臺的底座，然後再把迷你版的吸塵器遞到我手中替換。

這一場鬧劇讓我在這孩子面前顏面全失。

「喔！嗯，對，我有點分神了，謝啦，繼續做吧，不然會做不完。」

或許看起來有點像是在找理由，但是我也不是那種工作技能很低的人。這臺從日本進口的吸塵器，雖然沒有用過，但我還是知道有部分可以拆下來，而且還可以換多種吸頭清理家中不同的角落，只是忘記罷了。

吸得差不多了，我就把它收起來拿到外面放著，轉身去看著整潔又乾淨的房間，然後又忍不住去找尋納十的身影。

「你還可以嗎？」

「嗯？」

「可以做吧？自己一個人住就得稍微練習一下。」

一聽到我這樣子說，納十沉默了下來，最後輕輕地從喉頭發出笑聲：

「是，有一點辛苦，但是沒有關係的。」

「如果累了就休息一下吧，晚一點再來整理東西，房間裡面的東西不多，你統統都可以使用，不過浴室的部分可能會比較麻煩一點，因為要到外面使用。至於廚房裡面的東西，想用什麼就直接用，我沒什麼特別的規矩，我的房間在左手邊，有事情可以敲門詢問。」

納十依舊是那副淺淺的笑顏，點點頭回應我那一大串解說。

ＯＫ，那就隨你便了。

我也跟著點了點頭，走出房間，讓對方能保有一些隱私；但是在關上門之前，我又想到一些事情，扭過頭去交代。

「嗯，對了……睡覺的時間我跟一般人不太一樣，如果大半夜的聽到我在外頭走動就忍著點，我會盡可能地小聲一點。如果真的受不了我不小心發出的噪音，那就出來提醒一下吧，不用不好意思。」

「沒有關係的，基因先生請隨意。這樣子住進來，我反而是打擾的那一方。」

「是這樣嗎？那好，喔，這是臥室的鑰匙。」

「謝謝你。」納十又再次對我展顏，伸過手來取走鑰匙，指尖輕輕觸碰到我的手掌。

真是一個好孩子。

我笑了笑，幫對方關上房門，拿了一些飲料回房間裡面享用，之後再洗了一個澡，洗去吸灰塵時所留下的一身汗水，然後再來決定是要在大白天睡覺好或者是繼續寫初稿好。

數到四

我醒過來時手上還抓著手機，我舉起來查看時間。

才剛早上九點嗎？

依稀記得我入睡的時間大概是凌晨四點左右，抓著手機不知不覺間就睡著了。昨天晚上腰痠背痛地坐在筆記型電腦前面好幾個鐘頭，約略在凌晨一點的時候起身休息一下，煮了泡麵坐著看搞笑劇，吃完之後又坐回來繼續集中精神打字撰寫初稿，直到那個場景結束，才關機癱倒在床上。現在只不過伸展一下身體，背部就痠痛到不行。

才睡了五個鐘頭，還不到平常作息的八個鐘頭，我敢打包票，等一下中午的時候一定會犯睏。不過現在應該是很難強迫自己繼續入睡了，索性伸了個懶腰起身去漱洗，再抓起眼鏡戴上。

不過當我打開門走出來的瞬間，我差一點就被嚇到尖叫。

「啊……納……納十。」

我把這份驚嚇吞回去，我正巧碰上納十從廚房裡面走出來。

「基因先生？」他濃密的眉毛先是稍微揚了起來，嘴巴才逐漸露出淺淺的笑意。「醒來了嗎？我以為你會更晚一點醒過來，在水槽裡面發現基因先生昨天晚上吃的泡麵碗。」

「嗯……我每次醒來時，都會是這種迷迷糊糊的狀態，那麼這是……」

我上上下下地打量著納十，今天他穿了一件白色襯衫與紳士的黑色長褲，袖子被折到手肘位置，雖然頭髮有一些凌亂，但也可以說是梳得很自然的髮型。

「你這是要去大學上課嗎？」

「再一下子，但也差不多了。在這之前我去買了一些早餐回來，基因先生要吃嗎？我幫你弄熱。」

「早餐？」

「對，荷包蛋跟火腿。」

「喔，要！」

我傻愣愣地點了點頭，十八號就轉身走進廚房，所以我也跟著對方移動腳步。廚房中央的桌子上有兩、三個餐盤，被小小的防塵罩蓋著。

納十幫我拿出來放進微波爐裡面加熱，我看著他的一舉一動，然後選擇靜靜地坐著等待，不再多說話。我覺得納十可能是在巴結我，但如果不是巴結，那應該就是為了報答我讓他一起住，一想到這裡我就欣然接受他的服務。

「這裡。」

就在我窺視著那堵寬闊背部的時候，納十瞬間轉過身來把裝著白色鮮奶的杯子放在我面前，由於動作太過突然，害我差點來不及錯開臉。

「我看冰箱裡面有，想說基因先生應該是有喝牛奶的習慣。」

「喔！睡不著的時候會喝……謝謝。」

「要吃一些麵包嗎？」

「也好，請給我草莓果醬，幫我抹多一點醬，抹得跟一座山一樣。」我想也不想地立刻就回答對方的問題，一說完，拿著鮮奶的手就停在半空中。意識到自己剛剛完全不顧形象，不小心回答得像是個小孩子一樣，我回過頭去望著對方。

納十就站在桌子對面笑著，那閃亮的光環讓我感到非常的刺眼，但是比起刺眼，在年紀小的人面前失態反而更糟糕……如果納十不是出演我的電視劇的演員，只是一個認識的人，我可能不會太過認真。就因為他跟工作相關，所以我才會只想讓他看到我認真的那一面。

「好的，就抹成一座山喔。」

「……」

邪惡的孩子。

不到幾分鐘，這個人把微波好的早餐盤子放在桌上，連刀叉都備齊了，我這才開始靜靜地吃起早餐。眼角餘光透過鏡片瞄到納十走過去，從吐司機裡拿出吐司，接著坐到我的對面，在那之後，他聽話地塗抹著香氣十足的鮮紅色草莓果醬。

「嗯……那等一下要怎麼去上課？有人來接你嗎？」我伸手去拿取他遞過來的吐司，就在那一刻，我決定要向他搭話，氣氛才不至於太過尷尬。

「我自己去，可能會搭計程車，不然就是搭公車去。」

「公車？」我提高音量重複他的話。「你會搭呀？搭公車不會太辛苦嗎？碰到粉絲說不定會出大事。」

「戴上口罩就沒有關係。」

「確定嗎？」

被我不可置信地一問，納十這才露出困擾的表情。「其實不怎麼確定。」

「我就說吧，你長得那麼帥，身材又高得這麼顯著，戴了口罩反而更顯眼。」

「……」

「笑什麼？」

由於對面這個人突然間不說話，我才抬起頭查看，然後就發現十八號正面帶微笑地凝視著我，他……嗯，令人覺得很詭異。

「不，我只是訝異，基因先生在誇我。」

「啊……」

這次，這個臭小子反倒讓我害羞起來了，差點就不知道該怎麼回答。「我只是根據事實描述，再說了……你不用訝異，長成這副模樣，我應該不是第一個誇獎你的人才對。」

「別人我是不知道，但是我比較喜歡被基因先生誇獎。」

又來了，又在巴結了。

我暗自翻了個白眼，打算不回應他，專心地把手中的吐司吃個精光。果醬的甜味讓我的腦袋清晰許多，我把鮮奶喝到見底之後，滿足地輕靠在椅背上。我知道在我享受食物的當下，十八號一直面帶微笑坐在對面盯著我看，但是我懶得去搭理他。

通常起床之後，我都要拖上兩個鐘頭才能吃到東西，今天一醒過來就有早餐可吃，所以心情特別的好。

「要幾點走？」

「嗯……應該是十點十五分吧？」

我拿起手機看了一下時間。「那我等一下送你過去吧。」

「嗯？」納十愣愣地說道：「基因先生要載我過去嗎？」

「嗯啊，你都特地買早餐來給我吃了，先送你過去，等一下我再回來洗澡睡個回籠覺。」

「謝謝你。」

「嗯。」

「基因先生人很好……很可愛。」

我那睡眼惺忪的眼睛霎時睜得比原先要大，當我的眼神與對方迷人的雙眼交會上，我好像撞見了無邊無際的銀河，看起來既深奧又讓人難以解讀。

納十把眼神往下飄移到我的鼻子上，接著又盯著我的嘴巴，停留在那邊好長一段時間。

我自動地抿起嘴巴，立刻端正姿態。「你快點去準備吧，我要是睡著了你就自己坐公車晃過去。」

「好。」

納十高躰的身軀走出廚房，我表情很複雜地看著他的身影，接著一想到自己也得準備一下就趕緊站起來。就算只是待在車子裡面，但也不能只穿著這身汗衫與短褲睡衣吧？

再次打開房門的時候，我看見納十已經坐在沙發上等待了。

「走吧，不然要遲到了。」

我抓起零錢包還有車鑰匙走在前頭，至於納十則是拿著薄薄的資料夾以及一本書緊緊地跟在後頭。

上車之後，我等身旁的人準備好才鎖上車門，發動引擎。

「納十就讀X大學對嗎？從這裡到大馬路上會碰上幾個紅燈，來得及嗎……嚇！」話都還沒來得及說完，我就叫了出來。原本應該靜靜地坐在旁邊的人，突然之間扭動身體，近距離地靠上來。

納十的臉與我的鼻頭還有嘴巴相距不到幾公分，我全身僵硬，立刻把身體往後靠，幾乎都要貼在汽車座椅上面了。

「基因先生忘記安全帶了，我幫你扣。」納十用輕柔低沉的嗓音說道，邊說邊看著我。

眼前這個人的呼吸，輕輕地衝擊著我的嘴脣。

「……」我只能睜大雙眼不敢說話，怕身體的任何一個部分會碰到對方。

「弄好了。再過四十分鐘才會開始上第一堂課，一點點塞車沒有關係的。」納十一退開之後，就淺淺地對著我笑，並且完整地回覆我剛剛所提出的問題。

我……心臟跳得很快，等我回過神後，肌肉就放鬆下來，眉毛立刻皺得很緊。

當我轉過去想表現出要責罵的模樣時，那張帥氣的臉蛋帶著非常明顯的笑意說道：「有什麼事嗎？」

我只能在心裡怨懟。

「OK，你自己也要扣上，來。」一說完，我就伸出手去扯過納十的安全帶，然後用力地拉過他肩膀扣上。在那之後，我一副什麼事情都沒有發生地對他微笑，繼續說道：「要發車了，坐穩了，別再任性搗蛋了啊。」

「好。」

竟然還敢一臉開心地回覆我！

過了差不多三十分鐘，我就開車抵達了X大學。

我從遴選小說男主角的個人檔案上面得知納十在這裡就讀，在看過納十的長相、身材、身高，還有聽過聲音之後，越發覺得這個人完美。怎麼會有人長得又帥，條件又好呢？所以那個時候對他可能不會被選上暗自覺得可惜。

話說回來，有著王子特質的男主角，卻有不為人知的一面，感覺好像也不壞……

「基因先生。」

「……」

「基因，就快要開過頭了喔。」

「嚇！」

我又再次尖叫出來，一大早醒來，不知道被納十驚嚇了幾次。

就在我沉浸在想像的世界裡面時，十八號又再次把臉靠得很近，不過這一次，我馬上伸出手掌推著他強壯的臂膀，讓那道閃亮的光環盡速遠離我。

「為什麼老是喜歡靠這麼近？我嚇到了。」

「我叫你好幾次了，但是基因先生都沒有聽見。」

「推一下我就好了吧？」

當我怒視著納十，一副準備要開罵的樣子，他就露出一點點愧疚的神情。「對不起。」

瘋瘋癲癲的……

「是有什麼事啦？」

「我剛剛是想要告訴基因先生，就快要經過我的系辦大樓了，如果繼續開這一條路，會很難迴車。」

「啊……」

我立刻放鬆踩著油門的腳，納十指示我轉進他上課的系辦大樓區域，接著還得再開上一段路。道路兩旁種植了很多種樹木，看著搖曳的樹枝以及互相撞擊的樹葉，就知道外頭的涼風應該很舒適，往前再開一下子，納十就示意我停車。

「好，那就停在這裡喔。」

「好。」

我從窗戶看出去，大樓前面有一片寬敞空間，有很多張長椅被設置在此，椅子上坐著學生，有些人在吃著麵包，有些人玩著手機，一部分人則是匆匆忙忙地經過，看著不禁令人懷念起學生時代的光景。

我畢業的大學，不像納十就讀的這種頂尖大學，我看起來也不是那種文質彬彬的學生。我爸還曾經告訴我，我比哥哥還要來得叛逆，但就算是叛逆，也只是一般男生通常會發生的叛逆行為而已，喜歡結交朋友，喜歡打電動，還不到徹夜不歸那種糜爛的地步，不過一直換女朋友那類事情不做。

我一邊望著納十上課的大樓，一邊回想著過去。我的車子並不顯眼，把車子停在這裡並不會有太多人注意到，但是我身旁的這個臭小子卻很顯眼，他的光環就連車子也抵擋不住。有一小群女孩子從前方沒有貼遮光貼紙的擋風玻璃往車裡瞧，一群人開始指指點點，比較大膽一點的人就走過來，近距離地確認。

嗯哼……

「為什麼要那樣看著我？」

「沒有！」我聳聳肩。「我早就知道你是知名人物……喔！對了。」

我想到一件事情，拿出錢包打開，在卡片夾裡面找尋我準備給納十的卡片，找到那張潔白的卡片之後就取出來遞給對方。

「喔，感應卡，昨天我忘記給你了，今天早上你是請保全開門的對吧？這個拿去用吧，要進大樓、電梯還有按電梯樓層的時候會使用到，如果懶得拿，按密碼也行。卡片好好收著，別弄不見了，遺失了重做會很貴。」

納十把眼神移過來盯著我手上的卡片，接著揚起嘴角接過去。

「基因先生給的東西，我不會弄丟的。」

好，好，這個愛巴結的臭小子。

我在內心嘟噥著，以前只會感到不快，但是現在開始有一點點特別的感覺。「ＯＫ，去上課吧，不要遲到了。」

「好，謝謝你載我過來。」

「嗯，專心上課喔。」

我禮貌性地說道，竟然收到對方異樣的眼光。還沒來得及思考清楚，納十就伸手去開車門然後跨了出去，接著回過身低下頭來對我露出微笑。

「基因先生開車回去要小心喔。」

為什麼我覺得自己像是金主爸爸在接送包養的孩子啊……

我瞇起眼睛，透過鏡片望著納十離去，腦子裡冒出這種想法，只能搖搖頭，強制趕跑自己的弱智，抓住排檔桿，然後拉動換檔。

睡覺、睡覺、睡覺，回去睡覺好了。

白天睡覺造成的後果，就是讓我在太陽西下之後再次甦醒過來。天空一片漆黑，我還沒有從床上起身，抓起手機查看時間，接著就看到石頭傳送過來的 LINE 訊息。

Hin：基因哥～等一下幫我填寫專欄的資料，我已經把檔案傳給你嘍。

我傳了一張貼圖回覆，接著就看到達姆三、四個鐘頭前也有傳 LINE 訊息給我。

達姆（聯繫工作請打辦公室電話）：基因，明天，上午十一點的時候我會過去找納十喔，試裝有一些修改。

達姆（聯繫工作請打辦公室電話）：幫我轉告他要事先準備好，一打電話過去就馬上下來，才能直接趕過去。

Gene：怎麼不自己講，還要麻煩我。

我打字回覆，不過眼睛還是望向房門，看見燈光從門縫中穿透，這才知道納十從學校回來了，而且可能正在做某件事情才會開外頭的燈。

我在睡覺的時候什麼聲音也聽不到，算是一個可以睡得很熟的人，不過納十應該也有刻意放低音量。

達姆不讀也不回，或許可能正在忙其他事情。我打開電燈，然後走進浴室裡面洗個澡提振精神。

補足需要的睡眠時間之後，我整個人清醒了不少，決定今天晚上要繼續寫長篇小說，待會兒到樓下超市買飯的時候，得囤積一些便當還有甜點，必須把提籃都塞得滿滿的。

我抓起眼鏡戴上，推開門走到外頭。

這一次我記住了，我跟納十住在一起，已經不會再被嚇到了……啊！

「納十……」

瘋了嗎！做什麼裸著上半身在客廳裡面走來走去啊？

「基因先生。」納十停下腳步，抓著一條小毛巾在擦拭溼髮的手放了下來。「我吵醒你了嗎？」

「沒有。」

我含糊的聲音從喉頭發出，至於眼神呢，無法自拔地緊盯著這個人的好身材，並不是不曉得自己正盯著人家看，只是我的身體不聽使喚。

「基因先生？」

「嗯……」

「這樣子看我會害羞。」

這句話成功地讓我把視線從納十漂亮的腹肌上移開，但是當我把眼神移到那張帥氣的臉上，我竟然想要逃避。因為那個笑容跟眼神就好像是察覺到我在盯著他看，完全沒有一丁點害羞的跡象。

「你……嗯，身材很好，有去健身房啊？」

……最後是這個愚蠢的問題來化解我的尷尬。

「偶爾會去，如果基因先生有興趣也可以跟我一起去。」

「也好，下次約我去看看，嗯，然後……」我想起了達姆的訊息，正巧適合轉換話題。「達姆說，明天上午十一點會過來接你。」

「十一點來接我？」

「嗯，他好像說試裝有一些修改之類的。」

「喔！ＯＫ。」

「在祭拜儀式之前是不是有去試裝過了？怎麼樣？」

不曉得為什麼我會想要知道，當腦袋一那樣想，就馬上脫口問出來。明明在開門之前我還在想著得趕快下樓，因為真的餓扁了。

「還ＯＫ，服裝相當多套，達姆哥有照片，基因先生可以跟他要。」

「嗯，會要來看的。喔！我小說裡面的男主角，在左胸口上面有一個刺青，劇組人員有討論說要怎麼處理嗎？」

「他們好像有訂製紋身貼紙，如果基因先生想要看，明天要一起去嗎？」

他一問完就露出了微笑。

「今天晚上我得趕工，明天會起不來。」

「真可惜……」

「那就，如果我來得及醒來就去吧。」我打算先敷衍過去，筆直地走往大門的方向。當我正打開鞋櫃要拿出一雙夾腳拖鞋來穿的時候，納十就裸露著上身跟過來詢問。

「基因先生要去外面嗎？去哪？」

「只是到樓下的Maxvalu，想去買些東西吃。」

才剛說完，對方就沉默一下。

「我也要一起去，可以等我一下嗎？」

「哈？等一下，你去做什麼？」

「買飯，我也還沒有吃飯呢。」

納十的話，使我不得不轉過頭去望向牆上的時鐘。「還沒吃飯？現在已經快要晚上九點了耶。」

「我想要等基因先生一起吃飯。」

這一席話讓我腦中一片空白，眼皮眨呀眨。「嚇！為什麼要等？我已經跟你說過了，我的作息時間跟別人不一樣，什麼時候吃飯也不曉得，餓了就去吃飯，不用等我。」

再說了……納十也只住一個月，我們不是室友，而且也沒有那麼熟識，完全沒有必要等我一起吃飯……這個天才到底是個性太好還是太過巴結，我都搞不明白了。

「我原本是打算等到十點，基因先生若還沒有醒來就出去買，但很幸運的是，基因先生正好醒來了。」

「……嗯，就這樣吧，ＯＫ，趕緊去穿衣服。」

接著我就站著滑手機，等待那個回到房間裡的高䠷小夥子。不一會兒，納十就穿著汗衫以及寬鬆的長褲走出來，這應該是他的睡衣吧，頭髮不梳理也不擦拭，還有一點點溼潤，但是王子的光環依舊不減啊！

我們兩個人相偕下了樓，過程中沒有人說半句話，一走進超市，我就筆直地走向冷藏食物區，至於納十則是一派輕鬆地跟在我身後。

我拿起各式各樣的便當起來比對，因為已經很晚了，所以沒有多少選擇，不過便當上面倒是貼了令人雀躍的半價標籤。我一選好商品，面前立刻有一個塑膠籃遞上來，來得正是時候。我的眼神飄向拿著它的厚實大手上，再往上看向那隻強健的手臂，接下來是粗壯的脖子，最後停在納十那張帥氣的臉上。

他又默默地站在那邊盯著我看了。

「那你呢？趕快挑一挑吧，小心餓到肚子痛。」

「我不知道吃什麼好。」

納十說道，明亮的眼睛朝食物櫃看去，我也跟著看了過去，暗自嘆一口氣，這個令人擔憂的人很需要被照顧。「我幫你挑吧，這個好嗎？」

「基因先生，這個快要過期了。」

「哈？」我看向日期，發現它真的快要過期了。「喔！那麼就挑這個吧。」

「嗯。」

納十笑得很淺，但是從表情看得出來此刻的他心滿意足。

我又挑選一些甜點還有冰淇淋放進籃子裡，挑選完畢就把籃子拿在自己手上。我說了會先幫忙付錢，不等納十拒絕就直接將籃子放在結帳檯上面。

在後方整理貨品的女店員走了過來，當她一抬頭看向我後方，突然停下腳步。

從她的眼神來看，如果不是愛上帥氣的十八號，那應該就是覺得他很眼熟。

我不禁也跟著女店員的視線扭過頭去看，納十一發現我在看他就露出笑容，一副不清楚狀況的模樣，這讓我有點火大。

我轉回來，見女店員依舊愣在那邊，嘆了口氣，認命地把籃子裡面的東西拿出來，但是過了不久又停下動作，因為納十走過來靠得很近，伸手穿過我的腰，幫忙拿東西出來。

我一句話也沒有說，喚回女店員的理智請她盡快結帳，直到她把袋子遞給納十之後，才脫口問：

「不好意思，你是納十對嗎？」

正在收拾錢包的我愣了一下，原本以為納十會露出驚嚇的表情，可是納十或許是經歷過太多次這種情況了，只是輕輕地微笑帶過。

「不是。」

「咦……是嗎？不是嗎？但是長相……我想我應該記得……」最後一句話她自顧自地嘟噥。

「記錯了，常常有人會誤認。」

女店員還是皺著眉頭，一副不相信的模樣。「是……是這樣嗎？才剛搬過來住在這邊嗎？」

「對，剛搬過來跟愛人住，那我們就先走了。」

「哈？」

我張大了嘴巴。

那位女店員也張大了嘴巴，但還來不及反應，納十就提起袋子，然後另外一隻手臂滑到我的腰上，攬著我從店裡走了出來。

走了好幾步，我的眼睛也眨了好幾下，當腦袋一恢復運轉就立刻停下腳步，回過身看著納十。

「剛才說了什……」

「為了讓她相信我真的不是嘛。」納十搶著回答，好像一直在等著這一刻的到來。

這一番迅速的回答反而讓我愣住了，接著我就開始責備起對方：「怎麼可以這樣啊？那樣說我不就要倒大楣了？你一個月之後就要搬走了，但是我還得繼續住下去啊。」

「我完全沒有說基因先生就是我的愛人啊。」

「我們一起去買東西，她一定會那樣子想呀！」

「那也不見得會怎麼樣啊。」

「臭納十……」

我帶著情緒瞇起眼睛叫著這個人的名字，手伸到後方，憤怒地把他的手臂從我腰上拉開。

不過十八號非但沒有難過，反而還輕輕地笑了出來。就算是那樣，他此刻的面容跟眼神，看起來卻自然得更加迷人了，我幾乎快要被這個孩子帥氣耀眼的光環迷惑了，以至於忘了要繼續爭論。

「有什麼好笑的？」

「沒有，我只是很高興。」

「高興你個頭，還笑？」

我不覺得高興，白目……

「我很高興喔，我很喜歡基因先生這樣親近地跟我說話。」

我先是感到錯愕，接著豎起眉毛。「就因為我叫你臭納十啊？」

啊……再重複一次，任誰都看得出來我是真的很火大地在叫納十。

「好。」

可是納十該死的還心滿意足地笑了。

「……」我竟然罵不出來了。

「我想要讓基因先生跟我在一起的時候，不會感到不自在，想要更加地親近你而已。」

「你自己還不是一直叫我基因先生。」

納十的濃眉豎起了一邊，接著揚起嘴角。「基因先生是想要我用不同的稱呼叫你嗎？」

那張臉更靠近了我一些。「叫基因哥？」

當納十以特別低沉且輕柔的嗓音喊出「基因哥」時，我沉默了，耳朵還有內心覺得癢癢的，就像是有一隻手輕柔地摳著調情。

最後我別過臉，加快腳步繼續走。「只是說說而已，想怎麼叫就怎麼叫。」

「我不想要叫基因先生哥。」

「……」

這傢伙是在說沒有因為年紀比較大就尊敬我是嗎？我要捅他一刀，扣他一直以來的巴結分數十分！

我翻了個大白眼，一直往前走，但是已經不想再說什麼了。我聽見納十跟了上來，我已經走得很快了，但是他的腳步聲聽起來卻是平穩的、大步流星的。

「等我們再更熟一點，我就會改變稱呼的。」

「隨你便。」

「基因先生這樣賭氣我也喜歡。」

誰賭氣了？任誰都知道，我只是覺得很無奈。

心裡想著要轉過去回嘴，但是內心又有另一個聲音說，如果跟他回嘴只會看起來太孩子氣。

最後我選擇完全不顧形象，扭頭過去看著後面跟上來的人，朝他無奈地吐了一口氣，再轉回去拿出感應卡打開門鎖。

不曉得納十現在露出怎樣的表情，而且我也不想承認我聽到了隨著風飄過來的輕柔笑聲。

想要更加地親近我？

納十是一個看起來很安靜、謙恭有禮的人，唇角通常會掛著淺淺的微笑，像是一個王子一樣；但不知道這位大師是有什麼力量或是神力，讓我一而再、再而三地在無意間擺出成熟的大人姿態，納十甚至才剛搬來住第二天而已。

……達姆這傢伙到底是把什麼樣的孩子丟給了我啊？

數到五

我從來不曾錯估過自己，從昨天晚上和初稿鬥個你死我活之後，再次醒過來已經是中午了。我哈欠連連地走出房間，沒看到半個人影，納十應該是去試裝了，這也是昨天達姆發 LINE 訊息告訴我的。

我走到廚房泡了杯非常甜的咖啡，就在這個時候，我隨時帶在身上，像是身體一部分的手機發出了模糊的通知聲響，螢幕顯示出達姆用 LINE 發送了圖片訊息。

達姆（聯繫工作請打辦公室電話）：（圖片發送）

達姆（聯繫工作請打辦公室電話）：（圖片發送）

達姆（聯繫工作請打辦公室電話）：你的男主角，帥嗎？

當我點進去之後，就看到他發送了一張納十和另外一位劇組人員站在一起的照片，那個人應該是造型師。納十休閒裝扮的造型看起來非常的壞，無論是髮型或者是裝飾品，簡直像肯特從我的小說裡面跑出來站在那裡；至於另外一張照片裡面的納十，穿了一套學生制服，不過和平常的他不太相同，因為髮型又帥又酷，而且穿的是牛仔褲，而不是寬鬆的長褲。

Gene：還不賴，你的孩子果然沒有讓我失望。

達姆（聯繫工作請打辦公室電話）：醒來了嗎？聽納十說你應該會睡很久。

我還來不及打字回覆留言，達姆就突然撥了通LINE電話進來，不只是一般的語音通話，而是直接發送視訊邀請過來。

「嗯。」

我按下接受鍵，走過去靠在沙發上，網路此刻還算穩定，所以我能清楚地看見螢幕裡移動的畫面。

達姆咧嘴一笑，拿起手機對準周圍繞了一圈。「我讓你看看服裝，這是十那傢伙的裝扮，哼哼，你的男主角，怎樣？喜歡吧？」

「你看我像是會趕流行的人嗎？」

「哈哈哈，相信專業技術，基因你不需要擔心，就算你的服裝不夠酷，如果穿在我們納十的身上，保證完全不用擔心。」

「嗯。」我張開嘴巴又喝了一口咖啡。

「是不是真的帥，你也看到我發給你的照片了，帥到女孩子們都要愛上他了。」

「你也捧得太誇張了吧。」

「喔，我帶出來的孩子當然要捧一下啊。」

煩死了！

「對了，今天是第一天拍攝……」

「達姆哥。」

「哈？幹麼？」

我看見達姆貼近的大臉轉到另外一邊，一陣熟悉的模糊聲音叫住達姆，他才回過頭去回應，看起來很混亂的樣子。因為他突然把手機往下移了一些，所以我只能看到他的雙下巴。

「在跟誰說話？」

「基因。」

「基因先生醒來了嗎？」

接著我就知道這個低沉的聲音是來自於納十，當達姆靠過去，聲音又更清晰了，但是仍有一些斷斷續續的地方聽不大清楚。我本來要叫那傢伙先掛上電話，但是對方沒轉過來理會我，鏡頭轉來轉去，我看得頭都要暈了。

「嗯，因為他回我的 LINE，所以我就直接撥視訊給他啊。」

「視訊？」

「我才剛跟他聊，你就先去完成你的試裝……」

我懶得再聽下去了，把手機架好之後就起身去冰箱裡面找東西吃，找到了一條還沒吃完但是快要過期的吐司，乾脆把整個袋子拿出來。因為我懶，所以不烘烤也不塗任何果醬，再次坐回到沙發上。

當我再次拿起手機查看時稍微嚇了一跳，因為另一端的螢幕畫面已經不是達姆，而是十八號帶著淺笑的帥氣臉蛋。

「啊……」我的嘴巴正塞滿了吐司。

「基因先生醒來很久了嗎？」

「嗯……」我趕緊先把吐司咀嚼吞嚥下去再回覆：「才剛醒來不久。」

「吃麵包當早餐嗎？」納十稍稍皺起眉頭，盯著我手上的東西。「是吐司嗎？」

「嗯，找到什麼就吃什麼。」

一說完，我伸出另外一隻手去拿咖啡來喝，就算只是沖泡式咖啡，可味道還是很香，再加上可以自行添加砂糖；不想浪費任何一丁點，舌尖忍不住舔了舔嘴唇。

但是當我眼神再次轉回來看著手機螢幕的時候，我傻住了。

「納十……」

「嗯？」納十微微一笑，把低垂的視線從我嘴巴移回到我的眼睛。「剛剛說了什麼？」

「啊，沒事。」

電話另一端發出陣陣的笑聲：「今天基因先生一整天都會在房間裡面寫小說是嗎？」

「嗯，應該會是那樣。」

這幾個星期以來我一直和它浴血奮戰，終於來到了高潮的地方了。剛開工這份初稿時，我就下定決心要趕在編輯規定的截稿日前繳交出去，這樣一來才能夠有時間休息，或是可以回過頭來寫自己的奇幻驚悚風格小說。

「那我就先去洗澡然後檢查初稿，掛嘍？」

我一說完，納十就露出微笑的表情替我打氣加油，接著令人訝異地表現出依依不捨的模樣道別。至於我呢，則是一道別之後就立刻掛上電話，把手機丟到沙發另一邊，腦子裡冒出了一個想法：納十看起來怪怪的。

在那之後，我用水浸泡只剩下咖啡漬的杯子，然後就站在水槽旁邊沉思。

由於昨天晚上我買了相當多的便當還有點心，所以我才能一整天都窩在家裡處理工作，不用浪費時間抽身到外頭購物。

好像隱約聽見納十回來接著又出門的聲音，不過我並沒有太過在意，繼續專注在小說裡。最後我在鍵盤上面敲了兩下 Enter 結束這一幕，整個人靠坐在一張大扶手椅上，伸展一下身體，放鬆筋骨，趕走痠痛感，下午的日照穿過窗簾印在我稍微疲倦的臉上。

喔——終於在這個星期成功地達成目標了，接下來要好好地休息，兩、三天都不要再打開電腦了。

我闔上眼皮讓腦袋休息一段時間，原本想說如果睏了就跳到床上睡一下，可是肚子卻咕嚕咕嚕地先叫起來，不得不起身到浴室裡面洗把臉。

「啊……慘不忍睹。」我對著鏡中的自己無奈地嘟噥，因為看見眼睛的周圍都發黑了，昨天確實是熬夜熬得太久。

飢餓的感覺勝過了睡意，我回到房間裡面換了套衣服並戴上隱形眼鏡，由於突然之間很想要吃涮涮鍋，所以決定要去一趟百貨公司，然後還要吃冰淇淋跟蛋糕，之後再回來補眠，一直睡到隔天早上。

我對著正在擦拭電梯地板的清潔人員微笑，甩著車鑰匙用上面的感應卡刷過感應器後走到外面，但是當我正要轉進固定車位的時候，我的視線先對上一臺極顯眼的轎車，它往這裡駛來。

閃亮亮的深黑色歐洲進口車款，在一棵緬梔樹旁停下來。不是沒有看過昂貴的車子，只不過在這棟公寓住好幾年了，第一次在這裡看過。整輛車子被保養得很亮麗，讓我想起小時候也曾經看過這樣的車，那個車主是住在靠近水池邊的豪宅裡的有錢人家，跟我同一個社區。

雖然覺得很奇怪，但是也沒有特別放在心上，我邁開步伐準備繼續走，不過開啟車門走下來的人卻又再次讓我傻在原地。

「納十？」

真的是納十，他穿了一套普通的學生制服，髮型就和我平常看到的一個樣，但是臉色卻……

看起來有點不大開心，濃眉些微地靠在一起，臉色就像是王子碰上了煩心事，我還沒有看過這個表情。

「基因先生？」

或許是意識到被盯著看，對方銳利的眼神迅速地掃射過來，看樣子是不曉得會是我。就在他走過來找我時，那張帥氣的臉瞬間換了一個表情，波浪形狀的嘴唇慢慢地露出淺笑。

「嗯……剛從大學回來是嗎？誰送你回來的？」

「我拜託別人的。」

「喔！」我的眼神穿過強壯的臂膀，望向那臺駛離的深黑色歐洲進口車。「一定很麻煩，怎麼不買一輛自己的車子？」

納十有點害羞地笑了一下。「我要到哪裡找錢去買？」

「如果爸媽不給，就拿自己的錢呀，你也有平面模特兒拍攝以及電視劇的工作，存一點錢就能買了。」我這麼說道，但是納十卻露出了沉重的微笑，什麼話也沒有說，令人同情的感受強烈襲來，讓我選擇繼續說下去：「好啦，哪天有空的時候我再接送你。」

「真的嗎？」

「嗯。」

「……」納十沉默了好一會兒，最後露出一個大大的微笑。「基因先生人真的很好呢。」

「嗯，也是。」

「那你現在……」眼前的這個人審視地看著我。「沒有戴眼鏡，是要出去外面嗎？」

「喔！對，正準備要去找東西吃。」

「找東西吃？」納十的表情看起來非常吃驚。

「嗯哼，可能會在附近的百貨公司，要一起去嗎？吃過東西了沒有？」

「還沒。」

納十精簡的回答讓我明白了，手指著上方問：「要先去洗澡換衣服嗎？」

「等一下回來再洗也行，不然基因先生會餓肚子。」

我有一點不好意思。「我可以等，男人洗澡是能洗多久？」

我雖然講得像是個善良的大人一樣，但是卻不積極鼓吹些什麼，直接走向自己那臺灰色轎車，這就好比腸胃能像大腦一樣控制著手腳。

我發動車子，這次沒有忘記先繫上安全帶，甚至一併指著旁邊的人，要他記得扣好。

因為已經打算好要在附近的百貨公司裡面用餐，花不到三十分鐘，我就已經打著方向盤倒車轉進大樓的停車場裡面了。通過物品檢疫站的大門之後，裡頭人潮洶湧，一想到要排隊等用餐，我的表情馬上變得很無奈。不過我忽然想到某件事情，趕緊停下腳步。

現在我正帶著十八號這個擁有眾多粉絲的知名人物，出現在大庭廣眾之下……

我立刻轉過頭去看跟在後頭的那個人，結果對方竟然一副泰若自然的模樣，我無法忍住不去問。

「你ＯＫ嗎？」

「嗯？」納十對我的問題感到很困惑。

「就是這裡啊！不會碰上粉絲什麼的嗎？」

就算是穿上普通的學生制服，混在來來往往的人群中，但是納十的光環還是讓他顯得很惹眼。

「沒有關係的，大家走自己的路，不會有人注意到我的。」

「喔……」

我窺視一下四周，真的如他所說的那樣，不是因為他們不認識納十，而是因為就算他再怎麼顯眼，來百貨公司的人都有自己的目標，用餐、聊天、購物，不像是在公車上靜靜坐著，也不像是隨意走在大馬路上那樣，容易被引去注意力，很多人可能只是料想不到會有知名人物出現在這裡罷了。

納十的光環黯淡了許多，就算我想這麼想，但還是有一些人注意到他，不過他們也只是交頭接耳地指指點點，有些人則是猶豫到底是不是納十，不敢靠過來詢問，我這才放心下來。

「那麼有沒有什麼想吃的東西嗎？」

「嗯……」

「但是我想要吃涮涮鍋。」

納十露出了害羞的笑容。「好的，基因先生想要吃什麼我都可以配合。」

這些巴結的話我已經聽習慣了，我直接帶著納十走進一間涮涮鍋自助餐廳，很幸運的是只等了一下子，店員就領著我還有納十入座。

「要吃什麼直接說，我去拿給你。」

這語氣很像爸爸。

不過就算嘴裡這麼說，但由於我幾乎一整天沒有進食了，所以我不顧一切地埋頭猛吃。只是我本來就不算是一個很會吃的人，過不了一會兒，我的速度就慢了下來，而且肚子撐得鼓鼓的。

猛然一抬起頭，才發現納十默默地把食材放進鍋子裡面，至於我……一盤也沒有幫忙放進去。

「嘿，多吃一點，來來，等一下我來幫你放。」我趕緊從對方手中搶過裝著新鮮食材的盤子。

「吃飽了嗎？」

他的眼神跟笑容讓我不小心咬到嘴皮，點頭含糊地回應，然後揮揮手示意納十趕緊吃自己的食物，接著就看到這個愛巴結我的孩子慢條斯理地把食物送進嘴裡，看起來不但文雅而且還很有魅力。

我坐著看得很盡興。「話說……快接近演出的時間了吧？」

「嗯？喔！」

「怎麼樣？臺詞背起來了嗎？」

當我這麼問，十八號那濃密的眉毛稍微皺了一下，好像是為此感到不小的壓力。

「我已經讀過了，但是還沒有開始練習。」

「啊！」

當然得要練習啊……演員通常都是怎麼練習的啊？自己一個人對著鏡子說話嗎？

「那麼之前有提到過，有一些劇本的事情要問我。」

我想起上一次的事情，那個時候都還沒有聽到納十的問題，邇頤就先走過來打招呼了，我不想打擾他們，所以趕緊溜之大吉。

「喔！就是……還有一些不懂的地方。」

「那就直接問吧！」我趕緊說道：「不用客氣，那裡的人也叫我要提供協助。」

「如果是那樣的話……那我們回到房間之後，基因先生可以當我的練習對象嗎？」

「哈？」我正把食物夾進鍋子裡的手停頓一下。「練習對象？練習對象呀？」

「是。」

「等一下、等一下，這樣不好吧？我對這些演戲、背臺詞什麼的，完全不行啊。」

「只要基因先生讀出受方男主角的臺詞而已，我只是想要有一個可以對臺詞的人。」

我的臉皺了起來。「如果只是讀出來，你有辦法接著對話嗎？我是覺得……」太害羞了。

不僅僅是普通的害羞呀，是極度的羞恥……有讀過小說的人應該都知道，我寫的臺詞有些跟現實生活不同，主要是為了增添情調，愛情小說更是如此。就算我沒有真的讀過電視劇的劇本，但是石頭、編輯，還有一些相關人員都曾經說過，撰寫劇本的人並沒有改編太多。

讓我唸出自己寫的東西……不管怎麼說，實在是害羞得要命。

「可以，基因先生只要讀出來就好了，剩下的，我會自己演出來。」

納十那認真的神情以及託付的笑容讓我說不出話來。

「可以嗎？」

「啊……嗯。」

被十八號這個臭小子迷人的雙眼盯著，誘騙我情不自禁地點頭答應，等回過神後才嘆了一大口氣。他帶著感謝之意露出笑臉，我趕緊把視線從那張帥氣的臉上移開。

優秀啊，達姆……你家孩子真的很會利用我。

過不了一會兒，納十跟我都吃飽了，我拿起帳單去付帳，然後擺出一副像是大老爺請小妾吃飯的高傲姿態掏出信用卡，揮了揮手拒絕讓納十付錢。

走出餐廳之後，我問納十有沒有什麼東西需要購買，但是納十是一個乖巧到不行的孩子，所以非常客氣地拒絕了。

接著我們兩個人回到房間洗澡、換衣服，從離開公寓到吃完飯回來算起，總共也才花了一個多小時，速度比我想像得還要快。

過了二十分鐘後，我走出來吹頭髮，一邊打開平板電腦的月付型ＡＰＰ看著電影，等到頭髮吹乾了，我就穿好睡衣跳到柔軟的床上，耳邊還能聽到彈簧彈跳的聲音。

把手腳拉伸到極致地伸展著肌肉與筋骨，接著我就感覺到身體很疲憊……或許這份疲憊已經累積一段時間了，但是剛洗完澡，眼睛還是很明亮，還得再玩一下手機才會感覺到睡意。

叩！叩！

我才拿起手機掃描指紋解鎖，房門就被敲響了。

「基因先生。」

納十低沉的嗓音輕柔地飄進來，我用手肘撐起身體，一臉痴呆地望向大門。外頭的燈光從門縫底下灑進來，有一個模糊的身影擋在那兒，我才知道對方正站在門前。

「睡著了嗎？」

「還沒、還沒。」我扯著嗓子回答：「有什麼事情嗎？」

「基因先生忘了跟我說過的事情了嗎？」

「哈？」

當我一發出困惑的聲音回應，納十聽起來有一些失落的音調傳了進來：

「基因先生答應過我說要當我的練習對象……我是不是太為難你了？」

我張嘴倒抽一口氣。

「如果基因先生睏了可以告訴我。」

「我……」我不曉得該怎麼回覆他才好，但一想到他難過的臉，就立刻抓起眼鏡從床上跳下來，解開門鎖之後立刻打開門。「ＯＫ，哪裡，什麼內容，說吧。」

納十被我的迅速嚇了一跳，可是一對上我的眼睛之後，又再次綻放出迷人的笑容。

「我沒有打擾到你吧？」

「不，沒有打擾。」

「基因先生也洗完澡了。」納十精明的眼睛先是往下審視著我的睡衣，再轉回來掃視我整張臉，我還沒來得及站穩，他就低下頭靠得很近，越過我的臉頰，把漂亮高挺的鼻梁貼近我耳邊的頭髮。

「洗髮乳真香……」他輕輕地吸了一口氣，接著朝我吐了一口熱氣，我起了一身雞皮疙瘩。

我的眼睛瞪得差點都要掉出來了，立刻向後退了好幾步。如果我的背後有什麼東西擋著，我敢打包票，現在一定會被絆得跌個四腳朝天。可是當我從納十身前向後退了三步之遠，就看見他濃密的眉毛皺了起來。

「為什麼做出這種表情？」

「啊，沒有、沒有，哪裡？哪裡啦？要問什麼？要讓我當什麼練習對象？

盡快，不然我可能會想睡了。」

「喔！好，就麻煩你了。」

我走到客廳的沙發上坐下來，至於同樣也洗完澡的納十，則是走回房間拿出劇本。他剛好有兩份，遞了一份給我，接著就一屁股坐在我旁邊，所以我也聞到了洗髮乳清爽的味道。

這孩子的洗髮乳也很香呢……

「就從你不懂的地方開始吧，你曾經問過的問題，在哪裡呀？」

「肯特的個性，像是這邊。」納十向我靠近一些，打開自己的劇本指給我看。「還有這裡，情緒被分成了兩個部分，我想知道，劇中的角色比較強調哪一部分的情緒。」

「哈？」

我把頭靠過去看，接著我就看到了小說當中的攻方男主角責罵受方男主角的場景，他把對方趕得遠遠的，然後自己又坐在那兒苦惱不已。

「喔！這裡他的感覺有點矛盾，如果問到劇中角色的感受，肯特已經喜歡上了南茶，嗯，也可以說是愛上了吧？但是他的感覺就像是……怎麼說呢？」我在用字遣詞的時候，眼珠子稍微地來回轉動。「無法接受，他不想要丟臉，或是自尊心太強無法承認自己愛他，肯特這個角色可以接受愛這件事情，但是……像是不懂自己，同樣對自己感到困惑，大概是這種感覺。」

「不懂自己？」納十輕聲地咕噥著。「所以責罵然後趕走他是嗎？」

「嗯……很難講啊，但也差不多是那樣，你沒有過這樣子嗎？感覺到愛，但是卻接受不了這樣。」

「沒有過。」

「喔！那該怎麼辦才好啊？我也不曉得該怎麼解釋得更深入一——」

「基因先生有過這樣子的感受嗎？」

「哈？」

納十丟出了這麼一個問題，我錯愕地愣在當場，眼神瞬間掃向坐在旁邊的他，然後就看到對方異樣的眼神。

那雙令人嫉妒的清亮眼眸看起來依舊迷人，但是眼中似乎蘊藏著猜疑的情緒。納十這種個性沉默寡言的人，我依然讀不透他深奧的眼神。

「理解這種愛的感覺，基因先生曾經有過嗎？」

我看到納十那張帥氣的臉蛋靠了過來，因此試圖往後方逃離。「我……」

「基因先生曾經交過女朋友嗎？」

「你是怎麼了？為什麼要問？」

「曾經交過嗎？」面前的人又更靠近一些，表現出「現在我只需要這個問題的答案」。

「不……不是，我沒有交過女朋友。」

或許是因為這股強烈的壓迫感，我還沒來得及穩住就先脫口而出。當我一說完，納十就安靜下來，我實在是很想拿靠墊打自己的頭，怎麼一個不小心就把這麼令人感到羞恥的真相說出來？

這個是……我其中一個祕密啊！

不是因為沒有人喜歡我，或者是追不到女孩子，我還沒有到那種令人同情的地步。只是在初中、高中、大學時期，我通常都是跟朋友混在一起，老是為了沒有意義的事情聚在一塊。那個時候的朋友群當中，也是有人有女朋友，有一陣子那傢伙拋棄朋友去找愛人調情，然後又有一陣子他來抱怨她的任性讓他很疲倦，一看到那種情況就更不想要交女朋友了。

一直到畢了業、工作，也就是那個時候，每當有人問我說有沒有交過女朋友，我才開始感覺到羞恥、沒有面子……

沒有女朋友，意思就是說你還是處男；雖然我已經不是處男了，因為曾經和朋友們一起去尋花問柳。

「沒有交過女朋友？」

納十的聲音再度響起，把我從思緒當中拉回到現實，大腦再次複習了這個問題，接著我抿著嘴巴說道：「對……」

一開始以為會見到對方嘲弄的表情，但是當我看過去，卻只看到他燦爛的笑容。

那張笑成愛心狀的嘴模糊了我的視線，心臟一抽一放地跳動著，和那天在遴選會上碰到納十有同樣的感受。

「笑什麼？」

「沒有。」

我輕輕地吐出一口氣，咳了一下調整坐姿，好回到正題。「那你到底懂了沒有？我剛剛解釋的那些。」

「嗯。」

「確定嗎？」

納十依舊笑得很甜。「確定。」

「那就好。」接下來就是……「來練習你的劇本吧。」

納十翻開了第一頁，我也跟著翻開劇本。雖然還是很害臊，因為必須清清楚楚地讀出自己小說角色的對白，但是既然都答應對方了，我也不想要讓納十再像之前那樣說出失落的話，所以就違背了自己的意願。

開拍的第一幕應該是從邇頤開始，也就是納十的朋友。他必須演出剛到大學就讀一年級的第一天場景，由於是大一新生，所以還傻傻笨笨的，一進來就結交到新朋友。受方男主角南茶的朋友總共有三個人，他們各自聊到中學時期的事情，接著就提到了攻方男主角，對方是大學四年級的學長，後來大家相偕一起去吃中飯。

餐廳的人潮洶湧，魯莽但被說成是很可愛的南茶，慌亂地撞上一具高䠷的身軀，手上的可樂把對方的衣服弄溼了……我和納十得從這個地方開始對戲。

「來吧。」

我開口說道，對戲的時候，我也必須要盯著每一行句子。

「你知道自己到底做了些什麼嗎？」

只不過當納十一開口，我全身僵硬的反應又回來了。

面前這個人低沉溫柔的嗓音在唸這個句子的時候，充滿著霸氣，我立刻把視線從劇本轉向說話的人。納十看起來和平時的納十完全不同，我整個人都呆住了。

「基因先生？」

「咦？喔！」我趕緊看向手中的紙張。「抱……抱歉，我不是故意的。」

受方男主角的臺詞被我唸得很生硬，但是納十果真像是一開始說的那樣沒有多做反應，大手把劇本放在旁邊的桌子上，嘴裡還是繼續唸著臺詞，看樣子好像已經記住了。

「冒失。」

「我可以幫你拿去洗。」

「不用了。」納十霸道又憤怒的語氣變得緩和，他就是有辦法讓自己聽起來真的像是猛獸準備要獵捕獵物一樣。「你剛剛把我的衣服弄髒了，全身都黏答答的，我等一下還有課，是要我怎麼等？」

「那你是想要我怎麼辦？」

「全部擦乾淨。」

「全、全部擦乾淨？做、做不……」

我的受方男主角臺詞結結巴巴了好一陣子。

「擦乾淨，一滴不剩，別惹我不高興。」

「做、做不到……」

「馬上！」

我突然間嚇了一跳，完全就像是劇本裡面的南茶被嚇了一跳，接著才又斷斷續續地繼續讀著臺詞。南茶是一個斯文又可愛的小男生，卻被我變成一個有點笨拙的小男生，而且聲音跟水泥一樣完全沒有情緒。在陪納十對戲的時候，我還暗自操心，我講得這麼爛，他竟然還有辦法繼續？

光只是練習，我就能看見肯特的影子真的印在納十身上，嗯哼，選這個孩子果真沒有讓我失望。

「我想要……」

嚇！

「幹！」

不雅的字眼從我嘴裡迸出來，卻變成了模糊的嗚聲，因為一隻厚實的手突然間伸過來捏住我的臉頰，其實並不會痛，卻讓我嚇得睜大眼睛。

納十立即停止動作，先是鬆手，接著用拇指輕輕地揉著我的臉頰。「對不起，痛嗎？」

「啊，不痛……」

「我有盡量輕一點了。」

「沒有、沒有，我不痛。」我尷尬地搖了搖頭，拉開納十的手，然後皺著眉頭說道：「等一下，不對，在做什麼啊？完全不見得需要做到這個地步，只要讀劇本就夠了吧？」

「那樣就不像是在對戲了。」

「但是這樣子練習就是真的在演戲了，我不要，不用演成這樣，我絕對不要跟著劇本演。」

我見手中的劇本寫著「南茶顫抖地看著站在面前的肯特」，光是這樣就受不了了。

納十就算聽見我不悅的聲音，也還是笑咪咪的。「基因先生不需要演的，我自己一個人演就夠了。」

「哈？」

「基因先生只需要讀出來，而我則是演出來，不難對吧？」

「你要自己一個人演呀？詭異得要死。」

「還是說基因先生要一起演？」

「不要！」我回答得飛快。

納十見狀，從喉嚨裡發出輕輕的笑聲。

「那我就自己演嘍，ＯＫ嗎？」

我看了看納十的表情，接著轉動一下眼睛，嘆了口氣。「隨便你。」

納十就算是被我打斷臺詞，也完全沒有影響到他對劇中角色的詮釋，就像是身上裝了一個開關，什麼時候要開，什麼時候要關，都能隨心所欲。

「樣子笨笨的，嘴巴倒是很頑固，叫你張嘴不張嘴？」

納十厚實的手又再次伸過來抓住我的臉頰，將我拉近，接著他低下頭，雖然我覺得很害羞而且還很奇怪，但因為已經事先說好了要排練得像真的一樣，所以我就不再說什麼了。當納十像是肯特那樣以銳利的眼神威嚇地凝視我的時候，我盡可能地把視線看向別處。

雖然這樣的眼神和平常的納十相比不那麼令人心癢，但我還是無法承受住對方的光環，直到……

「等一下、等一下、等一下。」

「嗯？」納十的角色開關不曉得被我打斷過幾次了，他抓住我抵在他胸口的手腕。

「你要幹什麼？」

我們之前一直照劇本練下去，突然間納十靠得越來越近，逼得我只能舉起手擋住對方，眼睛再次瞥向另一隻手上拿著的劇本，然後臉色變得很沉重。

「練習劇本呀？」

「但是這裡有親吻的場景。」

「就……」納十露出困惑的表情，好像是在表達說，這有必要說嗎？

「是。」

「是親吻的場景耶，你怎麼有辦法跟著演？」

「不行嗎？」

當然不可以啊！

我一臉不悅。「你怎麼可以跟一個男人接吻？」

「在拍戲的時候，我還是得跟男人接吻啊？」

「可是我又不是演員，不要、不要，這一段跳過，光是這樣就太超過了。」

聽到我這麼說，納十沉默了，犀利的雙眼凝視著我，沒有冒犯之意，反而像是在調查、檢視。就在我皺起眉頭準備出聲詢問的時候，面前這個人反倒搶先發問：

「基因先生沒有跟別人接吻的經驗嗎？」

「哈？」我眨了眨眼睛。「有什麼關聯嗎？」

「基因先生看起來好像特別在意接吻這件事情……」

「……」

不想親他不代表沒有接吻經驗吧？再說了……我當然會在意啊！因為納十是個男人。

大概可以猜得出來，納十看起來不怎麼在意必須要接吻這件事情，他的專注力跟注意力全部都放在詮釋劇中角色上面，他想要演得逼真，可是……要我親他真的做不到啊。

「重點不在那邊吧？」

納十看我一臉困擾又為難的表情，一開始他還很疑惑，但是過了一分鐘之後就好像理解了一樣，向後退開一點，大概是怕我會不自在，嘴巴上揚微微一笑。

「如果基因先生會害羞，會在意接吻這件事情，那不做也可以。」

「……」

「我也不想讓基因先生做不喜歡的事情。」

我的眉毛抽動著，不曉得為什麼這傢伙讓我非常的火大。

我猛盯著面前這個依舊微笑的人，他一副就是不想要讓我感到為難或是尷尬的樣子，看過來的眼神好像是在安慰我，奇怪的是，我反而覺得自己被一個年紀小的孩子輕視了。

操！沒一個大人樣。

不過只是個吻……

「可以。」

「嗯？」

「我說可以，親就親，不過是個吻而已，哪有什麼問題。」

納十的眉毛豎了起來，接著又靠過來一點。「這樣好嗎？我說了不想要讓基因先生覺得為難。」

「嗯啊！我都說了沒有問題了。」

納十的眼神還是很猶豫，所以我乾脆緩緩移動身體靠過去，輕輕地晃了一下手中的劇本催促對方。

「到底親不親，要親就快點親，親吧。」

「如果那樣的話……」

面前這個人溫熱的手掌伸過來，貼在我的臉頰以及下巴，然後另一隻手慢慢地摘掉我的眼鏡。「在劇本裡面，基因先生本來應該是要嚇一跳，但是此刻，基因先生只要閉上眼睛就好了。」

我感受到對面這個人熱到幾乎快要燒起來的體溫，我本來以為自己能夠睜著眼睛自然地演出這該死的劇本，但是當那張帥氣的臉靠上來，心臟就開始強烈地跳動。我不想盯著他看，所以不自覺閉上眼睛，後來納十開口說了幾句臺詞，我也完全聽不進去。

下一秒鐘，我的嘴感受到他貼下來的嘴脣……

數到六

我不自覺地屏住呼吸。

納十的嘴脣溫溫熱熱的，而且還很柔軟。一開始貼過來，就算我已經有心理準備了，卻還是被嚇了一跳，霎時全身緊繃，一心想要伸出手去推開對方，但是另一方面又不想食言。

納十就那樣貼著我不動，像是刻意在等我習慣，接著才慢慢地動作起來。一隻厚實的手從我臉頰上游移到後腦杓，再緩緩地向上滑動，最後穿過黑髮、來到頭頂，讓我仰起頭，調整彼此觸碰的角度，使之更加的深入與緊密。我的下唇可以感受到一股吸吮的力量，全身汗毛都豎了起來，奇怪的刺激感陣陣襲來。

接吻……

我已經很久沒有接吻了，甚至忘記了那是怎樣的觸感，而且我以前是攻城略地的那一方。

在小說中，通常會寫成腦子裡一片空白，但是此刻我只感覺到躁熱，就連頭皮都在發燙，接著納十那又熱又溼潤的舌尖舔舐著我的下嘴唇，在那之後鑽進我嘴裡。

我頓了一下，來不及抿嘴，只能選擇緊咬住牙齒。

等等，我說啊……

感覺很奇怪，我試圖抵抗地向後逃開，但是納十竟然伸出他另一隻強壯的手臂纏繞在我腰上。

他僅僅施了一點力氣，就輕易讓我的身體向前緊靠，我的胸口靠著納十厚實的胸膛前後晃動，更加的感覺到異樣，就算雙手試圖推開也無法成功脫逃。

「嗯……嗯。」

我聽見自己從喉嚨裡發出呻吟，因為納十絲毫不覺得害臊地用舌尖挑逗著我的牙齦，他的嘴唇又是狠狠地輾壓，又是輕柔地吸吮與含咬著，我覺得自己快要窒息了。當他的臉稍微斜側的那一瞬間，就好像是在施捨機會讓我呼吸，我如飢似渴地深吸了一口氣。

這一下子反而中了對方的圈套，因為就在我鬆開牙齒的須臾之間，滾燙的舌頭立刻趁虛而入。

他貼著我嚇到僵硬的舌頭，挑逗地勾動著，接著用上排牙齒輕輕地啃咬，然後深深地探入，用他自己的舌頭纏綿地繞著我的。這一次，我可以清楚地聽見接吻還有唾液交融的聲音，有一絲絲黏液從我的嘴角流下來，卻被納十用舌頭抹去吞嚥。

不知道經過了幾分鐘，那溫熱的嘴唇才退開來。我們兩個人的嘴唇上都沾染了一些透明水氣，不曉得到底是誰留下的，結成一層薄薄的膜。

「納十……」

我上氣不接下氣地喘息，感覺頭暈目眩還有異樣的微醺感，朦朧的雙眼對上納十那雙銳利的眼，他的眼裡好像颳起了小小的暴風。

不曉得是不是我眼花了，我看見納十的嘴角揚起，不像是他平時那謙恭有禮的微笑。

那張帥氣的臉龐靠過來貼在我的耳邊，不知道呢喃了些什麼，我還沒來得及回過神來仔細聽。

什麼啊……

我感到困惑，還沒有整理好思緒，只能傻愣愣地盯著眼前的人。

納十輕柔地笑了起來。「基因先生，接著繼續讀劇本吧。」

「……」

「基因……」

「嗯？」

「臺詞輪到你了。」

就在這個時候，我的腦袋如同爆炸一樣，全身的血液一下子全沖到臉上。

我的臉頰很燙，所以趕緊低下頭，把眼神移到手中的劇本上面找尋臺詞。

「啊……嗯，學長你到底在做什麼啊……」我的聲音……聽起來完全不像是劇本裡面寫的既生氣又感到驚訝。

「給你一點點教訓，叫你張個嘴巴是有多固執？」

我的內心一點也無法投入到劇中角色的情境當中。

我抿著嘴巴，最後從沙發上彈了起來，納十一頭霧水地看著我。

「基因先生？」

「我現在想睡覺了！」我不假思索地脫口而出，一回過神後刻意壓低音量：「就先這樣吧。」

「喔！好的。」納十表示理解之後又露出淺笑。「非常感謝你特地陪我練習。」

「嗯……」

「睡覺前要不要先喝一杯熱牛奶？我去幫你溫熱。」

「不用、不用了，我要直接睡了，那就先晚安了。」

「祝你有個好夢。」

我一點也不想要回過頭去對上納十的眼睛，一說完話就把劇本放在桌上，飛快地回到房間，關上門之後立刻上鎖。我癱軟地趴在床上，把大枕頭拿起來壓在頭上。

吼——整張臉該死的還是這麼熱。

不過……把臉埋起來藏了一陣子之後，我那一瞬間像是被偷走的腦袋又回來正常運作了。

忽地我靈光乍現，立即把大枕頭丟得遠遠的，然後整個人彈跳起來衝到窗邊的大型電腦桌前面，毫不猶豫地按下筆記型電腦的開機鍵。

被吻的時候……像女人一樣被攻略、被入侵，原來是這種感覺，我寫的初稿都要重新修改了。

在那之後，我就再也沒有打開過電腦或是初稿了，我的休息是真的在休息，躺著看一些搞笑節目，另外還有一季一季播放的外國電視劇。我一整天都賴在臥室的床上，只有在煮泡麵還有微波先前買來儲備的便當時，才會走到房間外面。

所以我成了一個不折不扣的宅男，也因此完全沒有跟納十碰到面，只聽到對方偶爾進出洗手間的聲音，還有腳步輕聲通過的聲音。對方是個好孩子，完全不再過來麻煩我，這樣也好，假如真的碰上了，我的腦袋肯定會再次浮現那天的畫面。

迷戀，慾望。

那天他退開來之後，這是我從他眼裡讀到的訊息。

納十讓我渾身起了雞皮疙瘩，那個天才演技也太精湛了，完全融入到角色的情緒當中，甚至連表情、眼神都如此的逼真。就我所知，納十還沒有拍過戲或是演過任何電視劇，我的小說是他的第一部作品，我敢打包票，當戲劇上映之後，達姆肯定會接電話接到電話線燒起來。

叮咚。

門鈴聲讓我扣著上衣鈕扣的手停頓了一下，大腦把這些漫無目的的思緒趕跑，轉頭去看掛在電腦桌附近的時鐘，發現差不多要下午一點了。

我不急著趕過去開門，先穿戴整齊，整理好頭髮，伸手抓起錢包以及手機，不疾不徐地走過去。

「基因哥你在做什麼啊？」

「穿衣服。」

我一打開大門，就看見石頭那熟悉的身影，他的手舉在半空中，一副就是打算要快速按門鈴的姿勢。一看到我，雖然他的表情還是很為難，但是也寬心了不少。

「唉，我還以為哥又躲回去偷睡覺了呢。」

「我說了會去就是會去。」

「誰知道，如果哥放我鴿子怎麼辦？我會在你公寓前面號啕大哭喔。」

「然後我就會拿刀子捅你。到底走不走？」

我一說完，石頭立刻變得積極，像雞在啄食一樣猛點頭。

今天石頭開車過來接我，當然嘍，肯定是跟我的小說電視劇拍攝脫不了關係！

今天是第一天拍攝，他竟然比作者還要興奮，一得知是哪天拍攝，就馬上發 LINE 訊息通知，見我沒有任何回覆，就打電話過來百般糾纏地問我要不要去，不斷說服我，所以我才會特地設了鬧鐘起床。

實際上他們一早就開拍了，但是老天爺沒有站在石頭那邊，因為今天他必須到印刷廠幫編輯洽談公務，只有一到兩個小時的空檔時間，所以我們說好了只到拍攝現場露一下面，然後他會先送我回來，再去其他地方辦事情。

我的小說場景主要是在大學裡面，劇組好像在外縣市的大學租了一棟大樓當作拍攝地點，距離我的公寓相當的遠，遠到我睡了一輪又醒了過來。當石頭提醒我抵達目的地了，我才勉強撐起眼皮，望向午後強烈的陽光，外頭的一切看起來熱到不行。

「他們拍到幾點？」

「時間表訂是六點，哥，但是如果有很多鏡頭，可能會拉長時間。」

「我待一個鐘頭就夠了啦！今天我要繼續進行初稿了。」

「好啦、好啦，哥你是怎樣？其他的作家都是很積極地一直想要來看，至於哥，則是一直想要回去。」他最後一句話說得極小聲，推開玻璃門讓我先走進去。

我一走進餐廳，涼爽的冷氣就吹過來打在我的皮膚上面。

拍電視劇的氣氛，就像是我曾經看過的那些有關拍攝影集的電影一樣，盡是一些我不知道的道具，第一個吸引我視線的，就是餐廳中央的拍攝場景，所有的燈光還有鏡頭都聚焦在一個點上。

「吼，他們正在拍戲耶，那個、那個、那個，就是那個啊！哥你看一下納十弟弟！」

我對著石頭翻了一個大白眼，他猛搖晃我的手臂，差點都要被他扯斷了。「嗯，看到了。」

「超帥！光環！王子！拍些照片去跟人炫耀好了，手機、手機、手機。」

「等一下會被罵。」

「我只是拍起來在別人面前炫耀，不會放在社群平臺上……嗚哇！帥呆了。」

「臭石頭，可憐啊。」

「我已經深深地被他的魅力迷住了，坦白說，呵……」

我懶得再理會旁邊這個大呼小叫、喧鬧不停的人，往前一看，發現納十在場景的正中央坐著，非常顯眼。他身材高䠷，穿了一件學生制服與牛仔褲，還戴有一些時髦的裝飾品，和他原本的樣子完全不同，但是長得好看的人穿什麼都好看，從王子變成了電視劇裡面的男主角。

當導演的鏡頭清楚地轉向那張精緻的臉，我就急著收回視線。

那天接吻的畫面鑽進腦海裡……

不！基因，快點停下來！

我深深地吸了一口氣，努力不讓自己胡思亂想，刻意看向四周來分散注意力。現在正在演出的人員不僅有納十，還有三、四個被挑選出來擔任肯特朋友的演員，我沒有看到邇頤，覺得有一點可惜，錯過了受方男主角在餐廳中央第一次遇到攻方男主角時的激烈舌吻場景。

「亞特，昨天你只顧著去追女人不來大學，你知道你錯過了什麼嗎？」

「啊對，肯特跟那個小傢伙。」

「那個小傢伙被強吻，吻到差點就要哭著逃跑了啊。」

十八號從喉嚨裡面發出聲音來：「你們怎麼那麼多話啊？」

「哇嗚，帥呆了。」站在旁邊的石頭犯花痴地又在胡說八道了，我轉過去看見他舉起手揪著心口處的衣服，好像深深被打動了一樣，雙頰泛起紅暈。

我一臉古怪地看著他。「石頭你是想要被怎樣嗎？」

「沒有。」他依舊像是個少女一樣雙手交疊在胸口上。「但如果對象是納十弟弟，我願意。」

「……」

「基因先生！你好。」

就在我瞇起眼睛瞪著這個人的時候，一個女人的甜美聲音從身後響起。我看過去，記得她是幫導演打理事情的人，她急著走了過來，抬起擦著鮮豔指甲油的手輕輕地拍在我肩膀上，向我打過招呼之後又迅速地抽開手。

「妳好。」

「今天也一起來了。」她堆起笑臉。「怎麼樣？有沒有什麼想法？」

「還不錯，那些孩子們表演得都很棒。」

「基因先生可能是第一次看到其他人，但是不用擔心，那些孩子每一個都很厲害，有好幾個孩子曾經演過一些大學生的電視劇，就連第一次演戲的邇頤也表現得可圈可點。」

「……啊。」我笑著點點頭。

「默契十足呀，那個站著面對面的場景，喔——還有他們的身高差實在是太可愛了，不過很可惜啊……接吻的場景納十堅持要借位，如果鏡頭能夠拍攝到兩個人舌吻的畫面就更好了。」

我嘴角的笑意一瞬間消失得無影無蹤，別過頭去看她，她站著嘆息，一副很扼腕的表情與聲調。我眨了眨眼睛，不用照鏡子就能知道，我的臉上貼了一個大大的問號。

要求借位拍攝？

啊，到底是發生什麼事情了？之前不是已經跟我練習過了嗎？怎麼真的在演戲的時候去採用借位拍攝？

我轉過頭去望向鏡頭，看見納十無論是在特徵、表情還有眼神上，都像是真的肯特一樣……但是卻採用借位來拍攝那幕會讓女孩子們尖叫的場景？

還是說，邇頤的嘴巴很臭？

嗯，不，應該不是那樣，邇頤看起來乾乾淨淨的，看得出來是一個把自己打理得很好的男生。

「導演沒有說什麼嗎？」我忍不住脫口問道。

「喔唷，是要說什麼啦？」她笑了出來。「邁哥他什麼都聽納十的，還想讓納十繼續出演他的下一部作品，現在這個情況，納十說什麼他都會答應。」

聽到她這麼回答，我只能乾笑幾聲。

「好希望那個場景能夠更可口一點，一開始我也沒有多想，但是當他們兩個人站在一起的時候，越看越覺得登對，一旦播出之後絕對會一炮而紅，呼呼。」

對方又多聊了好幾句，大多是在吱吱喳喳地說納十跟邇頤有多麼登對，直到有工作人員過來喊人，她才揮手道別，接著去做她自己的工作。導演剛好也在這個時候喊卡，工作人員紛紛上前處理演員以及雜七雜八的事物，我就退到場外不想打擾到他們。

至於石頭呢……原本還站在我身旁，現在不知道又消失到哪裡去了。

我站在那邊乾等了好幾分鐘，最後決定去找個位子坐時，眼神剛好與那位正走過來、引人注目的電視劇男主角對上。納十依舊穿著戲服，但是好像已經卸好妝了。

「基因先生。」

我覺得身體很僵硬，但盡可能地控制嘴角，讓自己笑得自然一點。「怎樣……」

納十露出淺淺的微笑。「我以為你今天不會來了。」

「出版社的後輩說想要來看。」

納十表現出理解的模樣。「最近基因先生一直待在房間裡面，我已經好幾天沒有見到你了。」

「就……當我休假的時候就會這樣，一直躺著看電影。」

納十的眉毛稍微揚了起來，接著就放鬆下來，像是鬆了一口氣。「是那樣嗎？我以為基因先生討厭我跟你住在一起。」

聽聞這番話，我愣了一下。

討厭？

「神經病！」我立即拉高音調回覆：「我為什麼要討厭？你又沒有做什麼打擾到我的事情。你做任何事情都很小聲，我甚至都沒聽到什麼聲音，我丟在一邊的盤子，你還幫我洗好了。」

一看到納十沉默的模樣，我又繼續說了一大串，甚至有點急著辯解，覺得這個人想太多了，竟然以為我討厭他所以才會一整天都窩在房間裡面避不見面，一想到這裡就有點罪惡感。

「不用怕我會覺得討厭，我已經答應達姆說會照顧你了，照顧就是……等等。」我的眉頭微蹙。「笑什麼？」

在我安慰這個孩子的當下，他突然間嘴角翹得老高。

「沒有，只是在想……」

「想啥？」

「想說基因先生人真的很好。」納十銳利的眼神先是掃視我的臉，再把視線向下移到我的脖子上，然後緩緩地游移到嘴脣、鼻子上，接著又再次對上我的眼睛。「這麼好心，自己要多加注意呀。」

納十最後一句話讓我愣了一下，接著我笑了笑。「我對別人不會一直都這麼好，會幫助你，只因為你是達姆家的孩子，僅此而已。」

雖然我一開始還極力反對那個損友，居然把他手下長得很帥氣的孩子丟過來給我，不過那孩子除了有的時候太過巴結我之外，也沒有什麼不好的目的，而且還是一個很單純的孩子，什麼都可以配合，還很聽話。

「嗯。」納十輕輕地笑著。「謝謝你。」

「嗯。」

我覺得那天接吻之後的尷尬漸漸消失了，開始能正常呼吸了。「你不用繼續拍戲嗎？」

「今天我的部分結束了。」

「嗯？」我很訝異地揚起眉毛。「我還以為會拍攝一整天，那麼達姆呢？」

「回去很久了。」

「啊……」

「達姆哥還有其他的事情要去辦，十一點的時候就回公司了。」

「……」

那傢伙到底是去辦什麼事？怎麼把自家的孩子就這樣丟在拍攝現場？納十也不是那種沒有名氣的明星，要是他一個人回家，被別人拖進草叢裡面該怎麼辦啊？

「那你要怎麼回去？」

「就……」納十那雙眼睛垂了下來，小心翼翼地問：「那我可以跟你一起回去嗎？」

「哈？我沒有開車過來……」正當我想說等一下會請後輩幫忙載，一臉作白日夢表情的石頭就飄過眼前，我改口道：「好吧，等一下你就跟我一起回去吧，吃過東西了沒有？」

「還沒，只有在早上十點的時候吃過三明治。」

一聽到這話，我立刻又緊蹙眉頭。「那為什麼不吃飯？達姆跟劇組沒有幫你準備便當嗎？拍戲也是要耗費力氣的。」我忍不住責備，應該要把這個人照顧得更好的想法瞬間浮現在腦海裡，我趕緊抬起手來揮去。「那就快點去換衣服吧，我先去跟導演聊一下，等會兒再去找石頭，在外頭碰面。」

納十表示理解地點了點頭之後就先離去，至於我，則是去向導演打個招呼。

導演邁先生一臉凝重地坐著看今天剛拍完的影片，絮絮叨叨地又是責罵又是讚揚他的下屬，當他一看到我的臉，嚴肅的表情放鬆不少，笑得齜牙咧嘴，抬起手朝我的肩膀重重地拍打幾下，接著就積極地拉著我過去看今天拍攝的畫面。

邁先生特別對他自己的演說感到自豪，滔滔不絕地說個不停，在他準備繼續說更多之前我連忙喊停，好巧不巧地看到石頭走了過來，趕緊向大家致意道別，飛快地過去扯石頭的手臂。

「臭石頭，你消失去哪裡了？老是喜歡丟下我不管。」一抓到他，我馬上臭著臉開罵，但是他卻露出一頭霧水的表情，他拿在手上的手機還開著照相APP呢。

「啊，我剛剛去拍照呀，喔！哥你輕一點啦。」

「可以回去了。」

「等等、等等、等等，是趕著要去哪裡啦？還不到一個小時呢。」

「不用等，那個孩子肚子都快要餓死了。」

「哈？哪個孩子……啊——納十！」

當我們一推開門走到外面，原本心不甘、情不願被我拖著走的石頭話都還沒有說完，一瞥見站在不遠處的納十那修長勻稱的身軀，竟然瞬間換了一個表情，馬上犯花痴，從原本被我拖著走，變成衝過去找人。

「納十弟弟，結束拍攝了嗎？」

納十禮貌性地笑了笑，對於石頭突然間把臉貼過去的行為，完全沒有驚嚇的反應。「嗯。」

「今天超帥氣的，不對，是無敵帥氣，喔！真的，上次碰面沒什麼時間，今天方便幫哥簽個名嗎？」

「好。」

「剛好沒有紙啊，那就簽在哥的胸部上面好了。」

「石頭！」我威嚇地叫著那傢伙，趕在他解開上衣鈕扣之前，伸出手去揪住他的領子。

石頭表情不悅地轉過頭來，像個女人一樣斜斜地瞪著我，揮開我的手之後又再次上前去騷擾納十，我不禁嘆了一口大氣。

「要聊上車之後再慢慢聊，回到市區差不多要花上一個小時，那個時候你想要聊什麼就聊什麼。」

「什麼上車聊，如果要回去……等一下！」石頭那傢伙的腦袋動終於開始工作了，朝我睜大雙眼。「納十弟弟要一起走是嗎？」

「嗯。」

話才剛說完，石頭就急匆匆地抓著鑰匙即刻動身，納十像是個王子一樣靜靜地站在原地，石頭比出邀請的手勢請他走去停車場，至於我呢……像個無關緊要的人一樣跟在後頭。

見石頭像是僕人一樣，又是幫納十開車門，又是請他上車，我不高興地從同一個車門鑽進去，把納十擠到內側，決定讓石頭自己一個人坐在前面當司機。

車子發動之後，該死的司機就開始發作了，喋喋不休地問個沒完。

「也就是說，一回國馬上就有人聯繫你做這方面的工作是嗎？嗯嗯，那為什麼納十弟弟會跟基因哥這麼要好？還是說，自從製作人麻煩基因哥來幫忙遴選角色的事情之後，你們一直都有在聯繫？」

「不是的……」

「納十的經紀人是我的老朋友。」我決定插話，聽他們兩個人一來一往談了有好一陣子了。

石頭睜大眼睛。「哥的老朋友？」

「嗯，納十現在還住在我的公寓裡面呢。」

「住在哥的公寓裡面！」

我笑而不語，從後照鏡見到石頭這小子一臉困惑驚嚇加上嫉妒的表情，心情非常愉悅。「你耳朵是聾了嗎？」

「哥你先不要鬧我，先回答我，納十弟弟怎麼可以跟哥住在一起，為什麼哥都不告訴我？所以納十弟弟一起回去，是因為要一起回公寓對嗎？」他囉哩囉嗦地說個沒完。

我開始覺得石頭真的有轉變性取向的跡象，自從被納十那閃亮的光環照到之後，突然之間就變得對納十為之瘋狂，我也為此感到有些不快，自從有了納十之後，他就滿嘴納十、納十、納十，都把我忘了。

「我朋友託付我照顧。」

「就哥這個樣子有辦法照顧別人啊？」

「為什麼沒有辦法？」

「就連你自己都……」

我瞇起眼睛。「怎樣？我怎麼了？你給我好好說。」

「沒有、沒有、沒有、沒有。」他立刻強力否認，一副想要哄人的樣子。

「啊，腮幫子又鼓起來了。」

「畜生……」

我嘀嘀咕咕地罵了一陣子之後抿著嘴，不悅地抬起膝蓋撞向前面那個控制方向盤之人的椅背，聽見輕柔的笑聲響起，聲音來自臭石頭心愛的那個高個子，心情又更加地不爽快了。

我用力地噴了口氣，讓他知道我很不高興。我決定不再理會這兩個人了，抓起手機掃描指紋解鎖之後，就隨意地滑了起來，我先是檢查一下 LINE 以及電子信箱，接著再打開不同的社群軟體查看，首先是臉書，然後才是推特。

通常我比較常使用IG或是用來發布照片的APP，看臉書會比網友更快得知新聞訊息，至於推特，則是用來查看小說讀者的訊息以及回應。

我點進推特查看主題標籤「#霸道工程師」。

即便小說早就寫完了，書籍也上架販售好一陣子了，就連電視劇使用的名稱也不一樣，但是這個主題標籤還是經常出現。雖然一開始宣布要開拍電視劇的時候有些乏人問津，但在發布演員名單之後又開始熱絡了起來，就像是今天……

管好媽媽嘴的階段 @Pink_0215·4小時：

早上到學校上課，被通知不能靠近第四大樓，上完第一堂課之後，才知道有劇組在這邊拍#霸道工程師，就在這裡拍攝。

#BadEngineerTheseries

（圖片）

3則回應，666轉推，102按讚

CH媽媽的孩子 @siritall·2小時：

有看到，有看到，吼！超可愛的，納十好性感，還有這個人，追蹤他

的ＩＧ發現好像是納十的朋友，演南茶這個角色，可愛到不行～～看起來很嫩，再多一點啦。#霸道工程師 #BadEngineerTheseries

（圖片）（圖片）

16則回應，702轉推，431按讚

我點進去看了照片，發現我的小說標籤上面除了一堆納十的照片之外，還有一些拍攝現場的照片。

我看到兩個主角走進餐廳，旁邊還有掛著識別證的劇組人員走過去指導的照片，應該是正式開拍第一幕之前的畫面。

這些照片幫我的小說打了很棒的廣告，粉絲們看起來很滿意這些被挑選出來的演員。納十的名氣我是從第一天就知道了，至於後來才出現的邇頤，他的照片也開始從圈內慢慢地被分享出去，有的帳號拿邇頤的ＩＧ照片出來討論得熱火朝天。

我繼續看推特，按了更新之後又會跳出新的推文，我滿足地瀏覽著樓主的轉推訊息，本來想說劇組幫電視劇打了很棒的廣告，光是拍攝就……

操！

「咳！」

「基因先生？」

我突然被口水嗆到。

「不舒服嗎？」

「沒……沒有、沒有。」

只不過是咳了一下，原本跟石頭在聊天的納十立即向我靠過來，那雙厚實的大手又是撫著我的背又是拍拍我胸口，還一臉擔憂地把臉靠近，我們的臉幾乎要貼在一起了。

我的眉頭立刻糾結在一塊，用另一隻手推開對方。

「走開、走開，你是怎樣？」

「還好嗎？」

「我只是嗆到而已，好得很。」咳嗽緩和一些之後，我就困難地吞嚥了一下口水，揮揮手趕走坐在一旁的他，接著再把手機螢幕轉回來重新盯著看，盯到眼珠子幾乎都要掉進去了。

我會嗆到的原因……到底是誰把納十站著跟我聊天的照片上傳到推特的啊？而且我還被認為是司機？

一直Ｃｈｉｐ到死的那一天@wantwantmoment·15分鐘：

納十的場景拍完了，TT有人把他接回家了，嗚嗚，傷心。#霸道工程師

（圖片）（圖片）（圖片）（圖片）

照片竟然還連發四張，從照片的角度來看，對方應該是背著劇組人員偷偷混進來，從餐廳前方偷拍的。那個時候我跟納十站在離大門不遠處聊天，如果有人開門進來，就能利用那一瞬間按下快門。

照片中的納十側身站著，看起來就是高䠷勻稱的男模特兒身材，露出了我常見的王子般的淺笑，只不過……照片中的納十，看向我的眼神不太符合他的笑容就是了；但也無所謂啦，因為我對他不怎麼感興趣，反而比較在乎在這張照片當中多餘的自己。

幸好照片裡面的我看起來挺模糊的，拍照的人應該是專注在納十身上，但是我也不想要讓自己的照片在網路上曝光好嗎……就算只是被當成司機也一樣。

一想到這裡，我忍不住用眼角餘光掃視坐在旁邊的那個人。

殊不知，納十正盯著我看，當視線交會在一起，我稍微訝異地揚起眉毛。

「看什麼看？」

「看正在看著我的基因先生。」

「我看到你之後才發現你在看我，為什麼要看？」

聽聞我這一番像是繞口令的話之後，納十沉默了半晌，接著就從喉嚨發出了輕輕的笑聲：「因為我想看。」

「……」

「就只是看而已……基因先生不會罵我吧？」

從納十銳利的眼神當中，我發現一絲異樣的光芒，但也只是一瞬間就消失無蹤了，令我懷疑是不是眼花了？

「罵！」

我只回了這麼一句，接著就別過身去看向窗外，一路上不再跟任何人交談。

數到七

每當我要寫小說或者是任何作品時，引用的資料一定要正確，除了要向讀者傳遞正確的資訊以外，另外就是為了讓故事更逼真並增添各種滋味。

即便只是撫慰人心的愛情小說，合理性與正確性也同樣很重要，就連……

那樣、這樣再那樣的場景也一樣。

那樣、這樣再那樣的場景是什麼？就是劇中角色的性愛畫面。

好幾個星期前我曾經跟編輯談過，她建議我在寫這部小說的性愛場景時，要盡可能地寫得美味可口，就算我口頭上答應了，對性愛場景還是沒什麼概念，我只能竭盡所能地把目前設定的場景寫到最好，但是時間過得太快，這一幕終究還是到來了。

就如同我一開始所說的，我並不是同性戀，如果要寫性愛場景，每次都得要重新找資料，有時候是參考別人的小說；令我感到最沉重的部分，就是在進行的過程當中該怎麼做，那該死的攻方與受方男主角的感受，是我最難下筆的部分了。

「找G點。」

我嘟噥地盯著網路資料裡的詞彙。

凌晨三點時，我走出房間來微波食物，捧著食物坐到沙發上，配著平板電腦還有用來記事的紙張，想著納十應該已經睡著了，所以只開了一盞橘色小燈。在那之後，連續三個小時都在同一個位置上，完全沒有移動，當我回過神來看向窗外，天色漸漸亮了……凌晨三點到早上六點，完全沒有任何一點進展。

「男人也可以不用觸碰到陽具就達到高潮，藉由G點。假如插對了地方，據說感覺會比一般完事還要舒服上一百倍，吼，真的假的……」

一百倍……胡扯的吧？如果是那樣，全世界的男人不就都會改用後面的洞洞了嗎？

操，網路資料真的是正反兩極，很容易找到，但是真實性令人存疑。我流連在不同的網站中，讀論壇裡面的各種意見，最後受不了了，把彎曲的膝蓋打直躺平在沙發上面。由於坐太久了，開始覺得痠痛，甚至有點想睡覺了，不過工作還沒有完成，我腦中浮現了一個字：G點。到達最高潮的點，什麼東西啊，亂七八糟。

不，我不能沉迷其中……不能沉迷其中。

我靜靜地閉上眼睛一段時間，意識越來越模糊，手機從手中掉下去，這個狀態不曉得過了多久，接著就覺得自己像是作夢了……這個夢非常地痛苦。

我夢見自己掉進記錄手稿資訊的紙堆裡面，煩躁得無法動彈，當我從那座紙堆成的小山裡面爬出來之後，就被強迫閱讀國內外各種BL小說，不斷找尋性愛的場景，忙到手都要出現殘影了。

當我正想要拿那些書籍敲自己頭的時候，臉頰竟然感覺到一陣輕柔的溫暖。

「基因……」

某個人低沉柔軟的聲音正呢喃地叫喊著我的名字。

筋疲力竭的身體就像是枯樹獲得了一些水。

「這樣子睡覺會感冒的。」

不知道為什麼，光是聽著這道聲音就覺得被撫慰了，原本無法呼吸的鬱悶感，還有被紙堆成的山包圍的沉重感，一點一滴地消失了。

我的額頭還有頭部被輕輕地撫摸，嘴角不禁揚起，喉嚨裡發出了舒服的聲音，身體挨了過去，希望這份溫柔的撫摸能夠延續下去。

「嗯……」

那份溫暖往下游移到脖子上之後，突然間消失不見了。我的眉頭微蹙，吹過來的冷氣讓人直打哆嗦，不過由於身體太過疲倦了，所以意識朦朧地半睡半醒著。

我的眼皮緩緩地眨動一下，眼睛稍微張開一條縫，發現某個人的臉靠得很近，可是我太想睡了，無法看清楚對方長相。或許是因為只睡了一、兩個鐘頭，所以視線模模糊糊的，只看到那張臉慢慢地靠過來，直至感受到對方呼吸時的溫熱溼氣。

這份溫暖和剛才消失的溫度一樣很舒服，因此我不打算去閃避，某個柔軟的東西貼在我的額頭上，接著逐漸移動到臉頰，然後來到下巴……

叮咚！叮咚！叮咚！

我嚇到彈了起來。

聲音來自那該死的綠色APP，此外還有手機微微震動的聲音把我喚醒了。我眉頭緊蹙，別無他法只能睜開眼皮，第一個進入眼裡的景象是自家客廳的天花板，我把頭轉向一邊，看到沙發前面矮桌上的手機震動著，撞擊在玻璃上面發出刺耳的雜音。

到底是誰啦？睡得正香甜呢。

我伸過手去抓起手機，就在我從沙發上撐起身體的瞬間，蓋在身上的柔軟毛毯滑落到地面上，我沉默了好一會兒，眼睛眨了又眨，一臉困惑地望著它。

等等，這是誰的？

我把它拉回到沙發上，很疑惑地抓一抓，最後做了一個很愚蠢的動作，就是彎下身去聞。一股熟悉的清新香氣撲鼻，每次只要經過納十身邊，都會聞到這股氣味。

這是納十的啊……不過也不怎麼意外就是了。這間公寓就只有我們兩個人住，假如不是我糊里糊塗地拉過來蓋上，那肯定就是他去上課之前幫我蓋上的。不曉得是不是因為我太想睡了，或者是那個孩子做任何事情都沒有什麼聲音，我完全沒有聽見也沒有注意到，只覺得睡得比以往都要來得舒服。

叮咚！叮咚！

手機的震動聲再次向我抗議，這次我懶得再去想其他事情了，拿起手機接聽。

達姆（聯繫工作請打辦公室電話）：基因！

達姆（聯繫工作請打辦公室電話）：之前我有跟吉姆還有阿哆他們說碰到你。

達姆（聯繫工作請打辦公室電話）：他們就說想要見見你，叫我約你一起去喝一杯。

達姆（聯繫工作請打辦公室電話）：（發送貼圖）

達姆（聯繫工作請打辦公室電話）：但是很多人都有工作，怕時間不好排在一起，把有空的時間列出來，朋友。

結果傳訊的竟然是納十的經紀人，就因為這種不怎麼重要的事情把我吵起來，我不禁對著手機咒罵了幾句，怪自己睡前忘記先關掉手機聲音。罵歸罵，不過手指還是打字回覆。

基因：如果是近期，那就只剩週六跟週一有空。

訊息一送出，「已讀」兩個字立刻跳了出來，我也因此沒有直接關掉聊天室視窗，等他回覆過來一次講完，等一下才能做自己的事；可是他接下來的舉動讓我的臉色更臭了，因為他竟然打視訊電話過來吵我。

「為什麼你那麼愛打視訊電話啊？我才剛醒過來耶。」

那個欠揍的達姆覺得很好笑。「我就懶得打字啊，是在害羞什麼？不過就只是剛睡醒的笨笨的臉而已，我又不是你的女朋友。」

「你他媽的才在害羞，我還沒有刷牙，只不過是不想要張開嘴巴。」

「那，聊一下下就好，所以說你確定週六跟週一有空對吧？這樣我才能跟那群人講，那就再約嘍。」

「嗯。」

「菀也會來喔。啊，你知道嗎？菀啊……」

「嗯？」

「她跟阿哆交往了，好幾個月前就在一起了，已經在選良辰吉日準備結婚了。」

我的眉毛立刻彈向不同的位置。「問你喔，以前他們常常吵架，是怎麼變成情侶的？」

「互愛互咬啊，畜生，你沒聽過嗎？不只有這一對，你還不曉得對吧？吉姆也有對象了，好像只剩下你跟我了吧？」達姆一邊說，一邊拿起星巴克的杯子吸了一口。「該死的也來到二十六歲了，再等下去就沒有人要了。」

「那你就幫我介紹啊，我的要求不高。」

「喔，我自己都找不到老婆了，只有一直工作、工作、工作，昨天公司裡的孩子跟我借車，我就只能在正中午騎摩托車，感覺好像中暑了。」他按摩了一下眼頭，然後又靠過來更貼近鏡頭。「你也是一直待在房間裡面，小心疾病找上你。整天坐在房間裡寫小說，老了說不定會背痛，有空去驗血做個健檢吧。」

那傢伙冗長的一席話讓我變了臉色。「你幹麼要說這些話嚇我？」

「幹，幹麼要嚇你？這叫做提醒。喔對了，納十去上課了沒有？」

「出去了。」

「嗯，今天晚上他不用拍戲，但是該死的安排在明天一大早，如果今天他太晚睡的話，幫我提醒他一下。」

「嗯。」我順從地答應。或許是因為納十是個好孩子，去上課之前還幫我蓋上毛毯，所以我才會幫忙達姆照料、提醒那個孩子。

「那你有你家孩子的課表吧？」

「課表？納十的啊？」

「嗯哼。」

「有，要幹麼？」

「今天晚上我去接他，然後順便去找東西吃。」

「哇！」一開始達姆愣了一下，接著就對我擠眉弄眼。「我的朋友現在像是個大人了，對他那麼好，那個孩子真是有福氣。哇嗚，把納十託付給你果然是正確的。」

我除了朝他吹鬍子瞪眼之外，一句話也沒有回。

也不是什麼大不了的事情，只是之前跟納十講好了，因為他沒有車子，我一有空就會去接送他，不過在那之後我一次都沒有兌現過承諾。今天剛好想要在外面吃飯，我才會決定去接納十，跟他一起吃飯。

「嗯嗯，等一下我就發給你。」

我和達姆差不多聊了二十分鐘，最後他好像有工作得去處理，這才願意掛斷電話。幸好他還沒有忘記把納十的課表傳過來，反而是我自己忘記問他納十的聯繫方式，所以又傳了訊息過去，請他留下納十的號碼還有LINE。這個舉動讓達姆非常訝異，因為我們住在同一個屋簷下，竟然沒有彼此的聯繫方式。

事情搞定之後，我關掉手機丟在沙發另一頭，起身沐浴一番讓自己清爽一些。今天納十是四點半下課，還有三個鐘頭可以處理初稿。

我的生活一直重複這些事情……也難怪，這麼乏味的人生沒有女朋友也不令人意外。

因為難得的有睡飽、睡熟，所以心情相當好，我擦著溼潤的頭髮走進廚房裡面，卻當場愣住，我看到桌子上面放了一個飯菜罩。

「炒飯？還有煎蛋？」

打開飯菜罩之後就看到一盤滿滿的炒飯……不用浪費時間猜了，一定是納十。

完全沒有貼字條，但是有用保鮮膜好好地封著，不難猜出是他買回來裝盤放在這裡的。我瞠目結舌地看著眼前景象，發誓今天絕對要去接送他，然後帶他一起去吃個飯。

我把食物放進微波爐加熱，坐在廚房裡享用，吃完就坐著消化一下，過一會兒才拿著筆記型電腦走向客廳沙發，接著又打開書櫃搬出BL小說還有卡通——有部分是編輯提供的，有部分是我自己購買的，堆得像是一座小山。當然嘍，挑選出來的是中國、臺灣還有日本翻譯的書籍，其中有特別精采愛愛的內容。

坐回原來的位置之後，我發現納十的毛毯就擱在上面，順手抓起來抱在懷裡，打開Word檔案，拉到昨天晚上最後擱置的地方。

我深深地吸了一口氣，集中精神地盯著螢幕。

過了好幾個鐘頭，我合上筆電，讓電腦完全休眠之後才從沙發上站起來，伸出手臂高舉，伸展一下痠痛的腰部，忍不住呻吟起來。

接著我去洗把臉保持清醒，根據天氣選擇了一件針織毛衣來穿，拿起錢包、手機以及車鑰匙，隨後就出門了。

我對著公寓保全微微一笑，這是每次打開車門之前的慣例。我坐到駕駛座上，不急著換檔倒車，先繫上了安全帶，然後拿起手機撥打剛剛加到通訊錄裡面的納十號碼。

從達姆那裡拿到的課表得知，今天納十是下午四點半下課。我四點多就打完初稿，因為只撰寫一個場景而已，所以結束的時間比平常要來得快，之後又被雜七雜八的事情拖了一下子，現在剛好是納十下課的時間。

我不想要白跑一趟，若是納十沒空或者是事先跟朋友有約了，我就不過去，免得浪費時間。

「嗯。」

等了一會兒，手機鈴聲才轉成很有個人特色的低沉輕柔嗓音，我只聽到簡短的應答聲，感覺語氣很生疏，因為對方的聲音不只平淡，還有一些冷漠。

「是我，基因。」

「……」

「下課了嗎？」
「……」
「納十？」我喊了一下，對方只是靜默不語，我拿起手機想確認對方還在。「有沒有聽到啊？」
「嗯，有聽到……」
「為什麼問了不回話？你在忙嗎？」
「不是的，我只是……對於基因先生打過來有點訝異。」
「訝異我打來？為什麼會訝異？」
電話那頭傳來輕柔的笑聲：「因為沒想過基因先生會打電話給我。」
「喔，因為我要過去接你，所以先打過來詢問一下，我從達姆那邊要到號碼的。」我解釋：「一起去吃點東西吧。」
「今天嗎？」
「嗯，我才剛寫完稿。沒空嗎？」
「當然有空啊！」
納十回答得很迅速，像是刻意表現出積極的態度。得知他想要跟我一起去的意願之後，我默默地露出滿意的笑容。
我終於明白那些老師還有主管的感受了，知道自己被巴結之後，覺得很喜歡，然後放任對方繼續巴結下去……

「那我等一下過去接你，約在上次我載你去上課的那棟大樓前面也可以。」

「基因先生不用特地把車開進來，等一下我走到大學門口等你，迴車才不會太麻煩。」

我豎起眉毛。「要那樣嗎？走到大學門口你受得了嗎？」

我依稀還記得納十的大學不是那種小小的、走幾步路就可以走完的大學，就連從一棟大樓走到另外一棟大樓都相當遙遠了，那個時候還看見一堆學生排了好長的隊伍在等接駁車。

「基因先生也還沒到呀，我走過去時間差不多剛好。」

「那好吧，我會趕緊過去，到了再打給你吧。」

聽到納十回覆的聲音之後，我立刻掛斷電話，把手機丟進排檔旁邊的杯架裡面，開始倒車駛離自己的公寓大樓。

幸好公寓大樓跟納十的大學距離不算太遠，我不像平常一樣邊開車邊看風景，一想到納十要自己走到大學門口，就有點趕地踩著油門。就算納十說走過去的時間剛好差不多，但我認為他可能會受不了，快點趕過去開到大學裡面接送他應該比較好。

車子要轉進大學之前，我卡在十字路口上等紅綠燈，我拿起手機再次撥打電話，聽完卻露出一臉錯愕的表情，因為納十說已經快要抵達大門口了。

他是飛過來的嗎？

我打了指示燈，把車子停到顯眼到不行的納十旁邊，一打開車鎖，不用我說，納十就立刻打開車門上車。他把上課用的資料夾以及書本放到腳邊，接著轉過來露出淺淺的笑意。

「嗯……」

納十沒有開口說話，但是我覺得他好像已經打過招呼了，所以才發出聲音回應。我暗暗甩了甩頭，因為原本我想像如果到學校前面接送，納十應該會像是對監護人那樣行禮。

「基因先生比我想像中的還要快抵達呢。」

「怕你走太累所以飆車了。」

不不不，基因你不是他爸，別想太多了。

納十稍微皺起眉頭，非常的輕微，幾乎很難被發現到。「下次別再這樣了，危險。」

「什麼啦？我也完全沒有超別人的車啊。」

「好的、好的，那基因先生想吃什麼？」

「你餓了嗎？」

「有一點點，要現在吃飯也行，基因先生想吃什麼就吃什麼。」

「喔……」我含糊地回覆對方的話，開車的過程中不斷踩著油門，離開壅塞的大學學區。「那麼你想要吃什麼呢？喝一些肉湯嗎？直接開到唐人街了喔。」

我話才剛說完，納十就笑了出來。

不是那種嘈雜的笑聲，他的笑讓人不禁覺得，這個人做任何事情都很有魅力，看起來完全就像是個高貴的王子一樣。

但是我不像石頭那個花痴，所以趁著車速放慢的時候才轉過去問：「也不知道你在笑什麼。」

「沒有，基因先生很可愛，所以我才會笑出來。」

「哈？」

幹！

我的腳一直在斷斷續續踩著煞車，突然間差點用力地踩下去，車子晃動了一下，還好及時收回力量，必須定下心來專注開車……太危險了、太危險了、太危險了。

「太危險了，要注意一下。」

竟然還有臉跟我說教！

「還不是因為你，發什麼神經，要巴結也用不著這麼誇張，全身發毛。」

「巴結？」

我並沒有轉過頭，但是透過眼角餘光看到納十似乎是揚起了一邊眉毛。

「誰說我巴結了？我從來沒有巴結過基因先生。」

「沒有巴結過我？那你剛剛說的話不叫做巴結要叫做什麼？」

被我這樣子一問之後，納十沉吟了一下子，接著就微笑地說道：「當然是叫做讚美嘍。」

真是夠了，這個孩子真的是不太會誇獎人。

沒多久我們就抵達了目的地，因為天色還不算太晚，所以還沒有太多的人潮出沒。很多餐廳正陸續把工具搬出來裝備，我把車子開進了停車場。雖然現在時間還有一點早，但是常吃的那間店家已經把鐵桌搬出來擺好了，我打算先坐定之後再等老闆慢慢地準備食材。

納十是一個很好說話的好孩子，我坐著等，他也就坐著等。老闆娘還有餐廳女員工看見後，尖叫著走過來要求拍照，老闆見狀，出聲斥責她們趕快回去工作。

吃過晚餐後，我心血來潮地帶納十去吃豆花當作飯後甜點，順道買了兩大袋的油條配泰式卡士達醬，這讓我回到家之後肚子脹得圓滾滾的，差點就要用滾的移動了。

我一屁股坐在沙發上，至於納十則是跟上來，用銳利的眼神掃視一下桌面，才一天的時間就變得亂糟糟的。

「基因先生一整天都睡在這裡嗎？」

「啊？喔！對，今天還睡得特別沉。」我的聲音拉得老長，聽起來很懶惰的樣子，同時又夾帶著深深的滿足感。突然間我想起一件事情，指著堆疊在沙發上的毛毯。「這個……是你今天早上拿來幫我蓋的嗎？」

納十靜靜地看著我手裡的東西，然後才點了點頭。

「謝啦。」

「不用客氣，我已經有拿到報酬了。」

「嗯？」我訝異地轉過去看他，但他依然露出平常的招牌微笑，我看不透也猜不出個所以然來，接著他就轉身走回臥室了。

納十可能是要去洗澡或者是做一些私事，因為他一下課就被我帶去唐人街，人擠人地吃晚餐。喔！還有一件事情……他似乎沒有要把毛毯拿回去的意思，所以我就拉起來蓋在手肘以及大腿。

我靜坐著沉思了一會兒，最後決定再次打開筆記型電腦。雖然出去接納十之前，我已經完成今天的進度，但或許內心深處還是挺擔心自己的初稿，才會猶豫不決地無法放著不管。

這是我非常要不得的缺點。

有關這樣那樣再那樣的場景，編輯要求要呈現得很美味，就算我已經在網路上看過許多資料了，但真正要下筆的時候，卻無法實際運用上。我下定決心要找國外的各種作品來看，要更加地理解讀者的喜好……因為無論如何，我也是得迎合大眾的口味來下筆。

說到作品裡充滿既美味又新奇的愛愛場景的，非這個國家莫屬了……日本。

不僅有SM性愛玩具、GV，甚至還有男男性愛的動漫……我決定選擇最後一項作為這部小說的第一個性愛場景素材。動漫內容看起來有些浮誇，不太像是現實會發生的情況，不過有時候，讀者看小說是為了滿足現實生活所得不到的需求。

「為什麼會露出這種表情？」

我專心一致地盯著螢幕將近四十分鐘了，聽到熟悉的聲音近距離在耳邊響起才回過神來，一轉過去，就看到納十勻稱高眺的身材，他穿了一件汗衫以及長褲當作睡衣。

「嗯？怎樣的表情？」

「就是你現在這種表情。」

「……！」

我嚇了一跳，因為有一隻厚實的大手伸過來，用拇指輕輕地按在我眉心上，不經意的溫暖使我忘記要避開來。

「壓力是因為初稿嗎？」

「就……有一點。」

納十移過來坐在我旁邊的空位上，因為筆記型電腦的螢幕還開著，他一旦靠近，我剛剛改寫的內容就會被看得一目了然。

我還來不及把螢幕轉開，這個孩子就開口說道：「性愛場景？」

他語調平靜地說出這番話，一副那是一件很平常的事情，卻讓我感覺到臉非常滾燙，燙到連頭髮都快要燒起來了。

我抬起一隻手推開他的肩膀。「你！這不是很失禮嗎？」

「……對不起。」

十八號愣了一下，訝異的表情就好像是在說，你還沒有習慣嗎？這讓我覺得更加羞愧了。

一個真正的男人，要讓他寫BL小說，到死都不會習慣的！

「我覺得這一段寫得還不夠好……所以有一點點卡著。」

「寫得還不夠好？」

「嗯，前一段日子，編輯要求要讓它……更加地誇張一些，要跳脫出以前寫的模式，所以我才會找資料來看，但不曉得它是不是真的能做。可以理解吧？我自己也不是那個，哈哈。」說完最後一句話，我不自然地乾笑兩聲。在我解釋的時候，納十表現出認真聆聽的模樣。

那個樣子讓我更加印象深刻。

「那麼讓我幫忙好嗎？」

「讓你幫忙？怎麼幫？你要幫我寫是嗎？」

納十緩緩地左右晃動了一下頭。「基因先生不是說，不曉得它是不是真的能做？那我們為什麼不試試看呢？」

「哈？」

做什麼？做愛？

我表情改變的速度，比十字路口上的跑馬燈還要快。我瞠目結舌地望著納十，納十卻面不改色，依舊是那副王子模樣。

「等等……試試看，怎麼試？」

他看著我的臉，語帶笑意地說道：「基因先生是想到哪裡去了啊？我的意思是，我們照著劇本擺出姿勢，試試看能不能讓你滿意，才不用乾坐著想像到底能不能用。」

「……」

「這個方式，不就是最好的方法了嗎？」

「那……可能是吧？」

「基因先生曾經幫助我練習臺詞，就讓我也來幫忙基因先生吧！」

「嗯……」我含糊地回應對方，但還是沒有答應。

其實我挺擔心從BL漫畫上面看來的姿勢，轉換成筆下描寫出來的畫面之後，實際上不曉得是不是這麼一回事。如果讓納十來幫忙，或許就能夠知道行不行得通，但是真的有必要這麼拚嗎？

我考慮了很久，還想到上次幫納十練習劇本臺詞的情景，雖然必須要接吻，不過我也有得到一些好處，那就是得到靈感回去修改初稿，讓內容變得更真實一些。天秤上「讓納十來幫忙」的那一邊被重重地拉了下去。

「假如基因先生對這個場景感到滿意，那麼寫下一個場景會更快不是嗎？」

我認同地點了點頭。

「所以……不用跟我客氣。」

「OK，那樣也行。」我肯定地說出這一句話，伸出手去拍了拍納十的肩膀。「就麻煩你了。」

納十帶著笑意揚起嘴角，一句話也沒有說。就在我還沒來得及集中精神以及心思的情況下，坐在一旁的納十無預警地靠得很近，把我推倒在沙發上。

我睜大雙眼，反射性地伸出手來阻擋，但還來不及推開納十厚實的肩膀，他僅憑著單手，就把我的雙手攫住，然後舉高壓在我的頭部上方。他向前挺進，把腰部靠在我的雙腿之間。

「嚇！做什……」

「是這樣子嗎？」

我準備要斥責的聲音被那道低沉柔軟的聲音打斷之後，硬生生地吞了回去。我的腦袋有好一陣子無法正常運作，但是當我再次恢復理智，就掙扎著要把手抽回來。

「納十！放開我，這是在整我嗎？」

納十表現出有點訝異的表情。「整？整什麼？誠如剛剛所言，我正在幫助基因先生。」

「幫個鳥忙啦。」我瞪大眼睛發怒，髒話脫口而出。

一開始會答應納十，是因為覺得我是作者，手稿在是我在寫，我應該是那個主導的人，納十只要配合就好了。如果我沒有說什麼話，他就應該要乖乖地待著，而不是……

我扭動著臀部，企圖從納十的腰部退開，但不曉得為什麼，我越是掙扎，對方就貼得越緊密，一陣摩擦之後出現了異樣的感覺，即便我們兩個人都穿著長褲，但是……

我的皮膚感覺到躁熱，從我的角度可以看見騎在我身上的那個人的身體、臉龐，還有眼神；除此之外，我覺得身上每個部分都像是被扒光，裸露了出來。我無法動彈，雙手也被緊緊攫住，我的兩隻手竟然敵不過對方的一隻手。

「害羞了嗎？」

納十那張帥氣的臉龐靠上來，僅僅幾公分的距離，讓我不敢用力呼吸；但也因為這個距離，使得我能看清楚他揚起一邊嘴角的微笑，以及眼眸當中的異樣光芒。

這個眼神……讓我產生一種說不上來的感覺。

「基因先生害羞了……就算你是作者也會這樣子嗎？」

「納十！」

這一番話令我感覺到血液比原先更加沸騰了。

嗯，沒錯！我是作者啊，攻方男主角把受方男主角的雙手抓起來放到頭上，然後身體向前挺進，此刻的場景，跟我小說裡描寫的一模一樣。就像是我真的變成了那個被推倒、被侵入的一方，當我掙扎著想讓納十放手的時候，身上的暗紅色汗衫下襬被掀開，納十伸出另外一隻手貼在我身上，冰冷的溫度令我起了一身雞皮疙瘩。

幹，我不要了！

「放開！納十！我已經ＯＫ了，沒有問題了！」

納十濃密的眉毛豎起。「都還沒有試過從後方把腳抬起來的場景呢，已經ＯＫ了嗎？」

「……」

這豈不是會看光我這樣那樣再那樣的場景了嗎？真是個臭小鬼！

「早就跟你說過不用跟我客氣的，我想要幫基因先生忙。」

「我完全沒在跟你客氣的！但這真的太詭異了，你再不起來我要踢你了。」

最後一句威嚇並不只是說說而已，我被撐開勾在納十腰上的雙腿，同樣也在不停掙扎著，但不曉得是這張爛沙發的彈簧品質太好還是怎樣，一旦我使勁地扭動，我的下半身和納十的下半身就撞在一起，比起一開始的摩擦還要來得更加強烈，因為這個震動的頻率實在是太過銷魂了。

扭動得越厲害，我的臀部就翹得越高，現在的情況變成了腰部以下抬起，像是我在展現自己的身體一樣。

就在我不安分掙扎的時候，貼在我身上的納十安靜下來了，我不由得更加使勁掙扎。

「納十！」

「基因先生……不要動。」

我瞪大雙眼。「那你就退開來啊！」

納十凝視著我的臉，把手臂伸過來撐在我耳邊，緊繃到可以看見肌肉的線條，就連他細微的咬牙聲音我都能夠聽見。

「如果再不安分一點，我不知道會發生什麼事。」

「……！」

這一番話確實奏效，我遵照他的指示，像是個人偶一樣完全不敢動彈。過了將近一分鐘之後，我受不了繼續保持這個動作，打算責罵那個傾身跨在我身上的人之前，對方倒是搶先慢慢地鬆開抓在我手腕上的手。

納十撐起身體坐回去，而我則是爬得遠遠的，差點要從沙發上掉下去。

左胸口的心臟跳動得很劇烈……

當我的腳穩穩地踏在地上之後，就算我的表情很不悅，而且覺得自己很沒有形象，但還是抬起手撥了一下頭髮，試圖控制住呼吸，讓理智快點恢復正常，不用照鏡子都知道，我的臉肯定是一陣紅、一陣白。

「聽著，別再這麼做了知道嗎？就算說是幫忙也好，但我也還沒……」

我察覺到納十的沉默不語，本來要提醒他的威嚇聲音漸漸弱了下來，一轉過去就看見納十沉重的表情。

什麼情況……知道錯了嗎？

正當我帶著複雜的情緒審視納十的時候，突然間他輕輕地嘆了一口氣，那張很適合當演員的帥氣臉龐轉向我，銳利的雙眼黯淡了許多，使我受到不小的驚嚇。

「基因先生生氣了嗎？」

「……」

「我……只是一心想要幫忙而已。」

他的音量非常細微，讓我沒辦法繼續對他擺臉色。

「如果讓你不高興了，我跟你道歉。」

「……」

什麼情況？這傢伙逼得我啞口無言了……

我嘴巴一張一合好一陣子，最後決定抬起手揮一揮，告訴自己，我比他大很多歲，是個大人，試著心胸寬大一點。就是因為不曉得納十是太過熱心的幫忙或者是在耍我，才會讓我這麼的混亂。

「好啦……就算了吧。」

雖然不曉得我寫的內容到底真實性有多高，但無所謂了，我只能盡量往好的方面想，希望它能像編輯所期望的那樣美味可口，再者……

我或許更能夠理解受方被壓制在床上或是沙發上面的感受了。

「如果是那樣……」

「我要去洗澡睡覺了，晚安。」我在納十還沒來得及說完話之前，搶先說出口。我不知道他本來要說什麼，我伸出手去合上筆電，發出砰的一聲巨響，接著把所有紙張都堆在上面，然後就抱起筆電跟我的所有物品快速地跑向臥室。

一打開房門就鑽了進去，隨即迅速地關上門，把納十一個人丟在沙發上和那堆ＢＬ小說為伍。

數到八

不可否認的是，納十連兩次都有幫助到我的初稿……

第一次是我陪他練習臺詞的時候，有（被強行）親吻的場景，但是卻因此明白了被強行親吻的那一方感受，所以才能回過頭來修改初稿，編輯為此誇讚說劇情更有真實感了；至於第二次，是納十自告奮勇說要幫我，雖然魯莽的行為惹得我有點不高興，不過也讓我體會到受方被推倒在床上時的情緒還有想法，因此我再次回去修改了初稿……編輯看完又是一番激賞。

所以我內心相當感激他。

當然嘍！在收到編輯大姊的回覆之後，我心情一整天都很好，坐著看搞笑劇笑個不停，就連不太好笑的哏都能笑出來；就算達姆打了一通電話過來請求協助，我也迅速地接聽然後輕易地答應了請求，他為此受到不小驚嚇。

我開車轉進小巷子裡面，一個黑色的石碑印入眼簾，上面以金色字體刻著「國際商務管理學院」，隨後放置在排檔旁邊的手機響了起來，我立刻伸出手去按下接聽鍵，不需要看螢幕也知道是誰打來的。

「就快要到大樓前面了。」

「沒看到你的人影。」

「我正在開車啊！你這傢伙怎麼老是喜歡打視訊過來啊？」

「啊，是嗎？抱歉、抱歉，我以為你已經到了嘛。」

「我開得不快。幹麼？納十下課了嗎？」

「按照課表的時間來看，應該才剛下課……」

除了達姆的聲音之外，螢幕裡還傳來一堆嘰嘰喳喳的聲音，吵到我都要擔心手機的喇叭會不會被震壞，但也讓我知道電話那端真的很忙碌。

「我剛打過，但是他不接電話，還以為你們已經碰到面了，那我就先掛電話了，等一下再打一次電話給他。」

「ＯＫ……啊！達姆，不用了。」我瞄到那具熟悉的高䠷身材，納十穿著學生制服顯眼地走在人群中，立即改變說詞：「你可以掛電話了，我看到你家的孩子了。」

我打了方向燈把車子開到路邊臨停，聽到達姆又說了些什麼，但是沒仔細聽，我就先把車窗搖下來扯著嗓子大喊——

「納十！」

他看起來好像剛下課，正從大樓裡走出來，應該是準備等達姆接送。達姆有事先告訴我，他跟納十約好晚上會過來接送，只是納十並不知道，就在幾分鐘之前，接送者換成了我。

納十轉過頭來找尋聲音的來源，原本對周遭不理不睬的冷漠表情轉變成了訝異。

「基因先生？」

我點了點頭，摘下太陽眼鏡朝他揮了揮手，接著又招招手。「下課了嗎？」

「怎麼有辦法過來？」

「達姆拜託我來接送，他剛好有事情，說是等一下會到拍攝地點跟你會合。」

納十露出理解的表情。

「今天我剛好有空，等一下送你去拍攝地點之後，會陪著你的，今天我來當你的監護人。」

我心情很好地拍拍胸脯，露出燦爛的笑容，納十則是報以淺淺的微笑。

「ＯＫ，下課了就出發吧，上……」

「基因哥！」

我話還沒說完，某個人清脆悅耳的聲音就先傳了過來。由於車子正停在黃線上面，我還保持著手指向納十、讓他趕緊上車的姿勢。

這不太熟悉的聲音讓我忍不住皺起眉頭，咚咚咚的跑步聲朝我接近，一轉身才恍然大悟。

「邇頤弟弟。」

這個嬌小單薄的小不點，正是我那許久未見的受方男主角。

邇頤走過來拍了一下納十肩膀，下手不輕不重，皺了一下鼻子說道：「都不等我一下就走下來了，是趕著要去哪？」接著朝著我甜美一笑，臉色轉變得非常迅速，我都要佩服得五體投地了。

「基因哥，你好，怎麼會來我們學校呀？」

「你好，我是來接納十去拍攝現場的。」

「今天納十有戲要拍，我也是耶。」

「喔，是嗎？要一起去嗎？等一下哥送你過去。」

邇頤睜大了眼睛。「可以嗎？」

「為什麼不可以？不就同一條路嗎？」我一派輕鬆地說著。「如果學校沒有其他的事情了，那就上車吧，在這邊停太久，我怕警衛會過來趕人。」

「好，謝謝你。」

邇頤笑得眼睛都瞇成一條線了，令看的人還有世界都明亮了起來。他舉起手向我一再致謝後，就準備上車，半個身體坐進車子裡面之後還伸出頭來，像個小孩子一樣朝著納十招招手。

「十，快點啦，基因哥在等了。」

但是納十卻站在原地靜默不語。

「納十？」我抬起頭看向對方，那張帥氣的臉上沒有表現出任何情緒，直到我皺起眉頭之後，他才動身。

十八號沒有走過去坐在後座，而是繞到車子前面，打開車門坐到駕駛旁邊的固定位置上。邇頤意外地喔了一聲，至於我，面對納十那巴結又思慮不周全的行為則是尷尬地搔搔頭。

我伸出手去換排檔的同時，簡短地開口說道：「出發嘍。」

我在大樓前面的寬敞空地迴車，今天拍攝的地點和之前租下來的大學大樓是同一處。在我出發去接納十之前，有先跟達姆在LINE上面談過，那傢伙說今天的拍攝時間在晚上，因為剛好是晚間在大學裡面的場景……假如沒有記錯的話，應該是歡迎晚會那一幕，晚上九點、十點才會結束。

自從第一次跟石頭過去看過現場之後，我就再也沒有時間過去看了。雖然已經露臉好幾次，讓大家知道作者是個男人，而且現在臉皮也比較厚了，但由於我正處於趕著新作品進度的期間，所以變成一個宅男，假如沒有必要或者是想要換個環境之前，我是足不出戶的。

雖然沒有去拍攝現場，不過幸好我有達姆這個朋友，也就是男主角的經紀人，再加上劇中男主角搬過來暫時跟我住在一起，我才能接收到劇組最新的資訊。

「我姊姊也在等喔，她說想要看。一開始我沒有在玩推特，只有ＩＧ，但發現追蹤的人越來越多，所以才想試試看，我發現推特上面也有標注我的名字。」

「哦……」

我點點頭回應時不時找我搭話的邇頤。

一路上主導話題的人就是他，並不是沒禮貌或者是話太多，只是因為邇頤是那種很活潑的人，一說起話來就興致很高。

我只能大致回應，偶爾問一些問題，但是跟他同一個朋友群的納十竟然沉默不語。

這個人就只是靜靜地坐著，像一個高坐在王位上的王子，不願意屈身與平民百姓摻和，我實在是很想打一下他那漂亮的額頭，叫他也跟自己的朋友聊一下，這個狀況比起只有我跟納十在車上的時候更加不自在而且詭異。

「話說，你們剛下課對吧，餓了嗎？」

「嗯……是挺餓的。」

「納十呢？」

「我不餓，基因先生想要吃什麼嗎？」

我可以發誓，納十絕對不是我肚子裡面的蛔蟲，搞得我一時之間不知道該怎麼反應。

坐在身旁的人轉過頭來看我的時候，露出了幾乎讓人察覺不到的淺笑。不過邇頤倒是回覆他餓了，所以我在半路上打了警示燈，轉進有便利超商的加油站，把車子停在店門口，從皮夾裡面掏出一張鈔票，遞給後方的邇頤。

「先拿去買一些東西墊墊肚子，達姆說五點才開始，還剩下不少時間。」

邇頤立刻揮了揮手。「啊，沒關係的，我有、我有、我有，讓基因哥接送就已經很不好意思了。」

「就拿去吧。」

邇頤又拒絕了好一會兒，不過我很堅持塞給他，他才怯怯地收下來，一副很不好意思的模樣，不停地向我感謝致意。直到我開玩笑地趕他下車去買，他這才願意打開車門下車。

至於另外一位……

「確定嗎？不餓？」

「對，基因先生呢？決定好要吃什麼了嗎？」

我的嘴角抽搐，但還是耐心地回覆道：「就一杯咖啡吧，再來一些甜點。」

我聽見對方輕輕的笑聲，一副了然於心的模樣。

「要吃一些甜甜圈嗎？我走去那家店買給你。」

「嗯，也行，我要吃那種撒上砂糖的喔，不要那些有卡士達醬的，我……」

「你不喜歡，我知道。」

聽到這裡，我頓了一下，但由於已經很習慣他的巴結了，所以並沒有多想。我從錢包裡面又抽了一張鈔票出來，覺得自己像極了爸爸。「來，你也買一些想吃的東西吧，多貴都可以，不用太在意，我人很好的，呵呵。」

納十鋒利的眼神盯著我手中的鈔票。「人很好，我沒有意見，但是從今以後，只准對我一個人好。」

「哈？」

「十分鐘。」納十揚起笑容，接著就轉身去開車門，一腳跨了出去。

當他輕輕地關上門之後，車上只剩下我一個人。三級的冷氣聲音很輕微，空氣芳香劑就卡在上面，我的眼神透過後照鏡跟隨著那個身材高䠷勻稱的男人，他走向附近知名的甜甜圈店。等待的過程中，我拿起手機發送LINE訊息給達姆，告訴他已經接到納十了。

不久之後，邇頤先回到車上，他非常不好意思地把找回來的錢遞給我，基本上他僅花了一點點，他手上拿了一瓶水以及一份三明治。

「這樣會飽嗎？」

「沒關係的，等一下到劇組再吃大餐，非常感謝基因哥，人真的很好呢。」

我微微一笑，但是心中其實笑得很開懷。

「十呢？我以為他會一起進去7-11，完全沒有看到他。」

「喔！他下去買東西了，十分鐘就回來。」

「哦。」邇頤點了點頭，一口接著一口地咀嚼著三明治，臉頰鼓鼓的，像小動物一樣吞嚥了一口。「基因哥……你認識十的經紀人達姆哥是嗎？我有聽說。」

「嗯，大學時期的朋友，我一開始見到他的時候嚇了一大跳。」

「因為這樣所以才跟十這麼要好嗎？十看起來很喜歡基因哥，真好。」

好？好在哪裡！我一時之間無言以對。在一分鐘裡，腦子不停轉動組織著語言，一開始還不是很理解，但是不斷思考之後，差不多就能猜出些端倪來，我的眼睛越張越大。

對我來說，如果別人說我跟納十要好，或許是因為我是作者，納十是演員，我們之間的關係就只是這樣，但是從邇頤口中說出來的話……

絕對是這樣，我想絕對錯不了。

就算我沒有交過女朋友，沒有愛過人，但好歹我也看過很多的愛情小說。

「啊……納十他也跟邇頤弟弟很要好啊。」

「我們只是朋友。」在說這句話的時候，他的表情有一點點落寞。

我沒有回覆他，更精確的說法是，我不曉得該怎麼回覆他。我現在已經百分之百確定，邇頤非常的喜歡納十，除了震驚之外，我內心也有一點點糾結。

納十很有魅力，任誰都會喜歡上他，看石頭就知道了。我並不會覺得不敢置信，只是有一點訝異，這兩個人是朋友，唸同一個系，同樣都是男人，但是邇頤竟然會喜歡納十，這……簡直就像是愛情小說。都說小說有些部分是真實的寫照，這次我終於親眼見識到。

明白了之後，才越發感覺到氣氛的詭異，所以我只能輕輕地敲著方向盤。當一旁副駕駛座的車門被打開來，即便動作很輕微，我還是嚇了一跳。

「嚇成這個樣子啊？」

納十拿了一袋甜甜圈以及7－11的咖啡回到車上，食物的香氣在整輛車子上四散。

「等了很久你才回來。」

「嗯？很久嗎？還不到十分鐘呢。」

「咖啡呢？」我咕噥，一隻厚實的手遞過來一個蓋上杯蓋的紙杯。

「我已經幫你加糖了，小心燙喔。」

「嗯……」

本來我還想先吃一下甜甜圈再出發，但是就現在的情況來看，在氣氛還沒有變得更詭異之前，趕緊把這兩個人送過去比較好。咖啡我只喝了一口就放在一旁，趕緊轉過去換檔出發。

就快要抵達目的地了，通過這個十字路口的紅綠燈之後，就能直接轉進大學裡面，也就是拍攝地點。

從加油站出發後，車上鴉雀無聲，我偷偷地瞥了納十一眼，他只是靜靜地坐著；至於邇頤的情況，我從後照鏡看過去，發現他正望向窗外，看起來像是在思考些什麼事情。

……當受方男主角因為愛情而悲傷的時候，會變得不太愛說話，小說中的情緒大概是這個樣子。

我開始胡思亂想，把視線移向紅燈上面的秒數，又伸出手去拿起咖啡喝了一大口，雖然氣氛還是很不自在，但不管了，我還是從袋子裡拿出甜甜圈，吃著緩和一下情緒。

「基因先生。」

「嗯？」

「吃得到處都是，等一下會黏黏的。」

「……！」

我的身體整個僵硬起來，突然間納十把手伸過來，用手指幫我擦掉黏在嘴角上面的砂糖。

「真好，店員還給了溼紙巾。」

「……！」

他撕開溼紙巾的塑膠包裝，然後舉起手重複幫我擦拭嘴巴，動作慢慢的、輕輕的，接著再把紙巾對折，拉著我髒兮兮的手繼續擦拭。

我嚇得下巴都要脫臼了，立刻停止咀嚼。做……做什麼啊？

回過神後，我趕緊拉開納十的手，可是他竟然用那隻厚實的大手緊緊地握住我的手。

「納十你……」

「嗯？」納十沒有看著我的臉，仔細一看可以發現他眉頭微蹙，像是在責備我怎麼不乖乖地坐著。

納十雖然是一副沒有多想、只是想要幫忙的樣子，但這個舉動卻讓我不知所措；與此同時，我的眼神瞥向坐在後座的邇頤……果然沒錯，他睜大了雙眼死盯著我們兩個人的手。

叭！叭！

這個聲響喚回我的意識，停在後方等紅綠燈的車子按了重重的兩聲喇叭，嚇了我一大跳。紅綠燈不曉得從什麼時候由紅燈轉變為綠燈了，前面的車子早就開得遠遠的了，我趕緊用力地把手抽回來。

「拿著！」我簡短地說了一句，懊惱地把還沒吃完的甜甜圈塞給旁邊的傢伙，對方也很順從地接過去，甚至還小心翼翼地放回袋子裡面。

吼！這個愛巴結的孩子，你選錯時間巴結了！

今天戲棚的氣氛相較於第一天要熱鬧得多，很多大學生跑過來圍觀，人數增加不少。雖然不像上次那個餐廳店員看到明星的反應那麼激動，但還是有部分的人在聊天、拍照，劇組人員不得不把限制出入的範圍再拉得更寬一點。

沒有猜錯的話，或許是因為電視劇使用這個場地拍攝的消息被越來越多人知道了。相信我，現在這裡肯定是擠滿了粉絲，又是拍照又是尖叫。

「基因先生還沒有要回去對嗎？」

「不曉得，看心情，有什麼事嗎？」

開進大學之後，我把車子停在戲棚附近，揮手請納十他們先下車，至於我……我要先享用完咖啡跟甜甜圈。我已經餓很久了，剛剛不但不方便吃，還讓我意外察覺邇頤的心情。

「基因先生說過，今天要當我的監護人的。」十八號面無表情地複誦著我說過的話，說得我眼神飄移不定，如果可以像個女人一樣瞪他，我早就那麼做了。

「怎麼像個孩子一樣……」

「會等我對嗎？」

「好啦！好啦！等你，等你，快去，可以去化妝了，邇頤已經下去很久了。」

當我揮著手驅趕，納十才揚起嘴角，乖乖地關上車門離去。我看過去，發現劇組人員帶著他走到另外一邊的更衣室。

我坐在車子裡面，打開甜甜圈的袋子，把剩下的部分吃光光，從容地舉起冰涼的咖啡杯，不急不躁地啜飲，過了好幾分鐘之後才將車子熄火。我下車走到外頭，好幾位工作人員轉過頭來看，但是並沒有太過關注我，放任我自由來去，我才有機會走到攝影機附近站著觀看。

導演邁先生坐在那兒緊盯螢幕，拿起大聲公，時不時對著劇組人員扯著嗓子：「喂！收音麥克風（註2）啊！收音麥克風！給我使勁舉好一點，堤德，晃來晃去的，都跑到鏡頭裡面了，重來……喔，基因先生。」

「你好。」

邁先生轉過來正好看到我，嚴厲的表情立刻轉換，他打了手勢讓大家稍作等候，站起身走了過來，用他那厚實的手臂用力地抱住我肩膀，一副很要好的樣子。

「今天怎麼也來了？來來，到這邊看比較好，喂！誰都好，快點拿一張椅

註2　用來精確錄音的設備，可以排除掉雜音，收錄說話的聲音。

子給基因先生坐。」

「啊，沒關係的，沒關係，不用這樣子啦。」

「過來、過來，我老早就想要讓基因先生看看我的執導手法，一起到這邊坐比較好。」

我就這樣被迫坐在工作人員拿過來的小椅子上，一旁就是邁先生。當有劇組以外的人一起觀看時，邁先生似乎會變得更積極——當然嘍，和邁先生看向的錄影機是同一個角度，非常的清楚。

螢幕上面的景象正是眼前的拍攝畫面，不只有一臺攝影機，還有一臺大型攝影機架在攝錄影滑軌（註3）上面，但是目前似乎還沒有開始使用。背景是在大樓前面為受方男主角舉辦的歡迎晚會的場景，有一項活動是取得所有學長姊的簽名，南茶則是被命令去抱住正巧經過的肯特。

記得我在寫這一幕的時候，我特地去搜尋了相當多這類活動的資料，因為我所就讀的大學，是一所私立大學，完全沒有任何迎新活動。

「準備好了，開始！」

「歡迎場景二，幕一，停拍一，拍攝三。」

註3　攝錄影滑軌：把攝影器材架設在軌道上之後，可以平穩的移動拍攝。

打板的聲音一響起，鏡頭立刻轉向邇頤被裝扮得很細緻的臉上，他的演技也不差，表現出一副怯懦的樣子，小臉紅通通的，好像是為難到快要哭出來了。

「南茶，不可以哭喔，想要我的簽名就得遵照指令喔。」一位女性打扮的男性學長開口。

「要讓……我怎麼做？」

「嗯，那倒是，要什麼好呢？向韃彎學長求婚如何？」

「啊～不要。」

「或者是……」那位人妖學長表現出不懷好意的神情，戲謔地威脅受方男主角，眼睛瞥向正好走進場內的一道帥氣又高躾的身影。

這一次，鏡頭轉向走進來的納十，以及他身邊的朋友群。納十的表現非常出色，沒有太過刻意裝酷或者是太過矯情，看起來就是個天然的壞男孩，讓我的眼神幾乎離不開他，整個人也跟著興奮起來。

「啊——肯特！我想到了，南茶你去拜託肯特讓你用力地抱一下給我們看看！」

「咦？」

「等一下我會幫你簽名簽得漂漂亮亮的，用力抱一下之後別急著洗手啊，讓我先摸一下再說，去吧，去。」

邇頤跟著劇本演出，被學長姊戲弄了，雖然他的神情快要哭出來，但就在轉過去看向納十的同時，情緒轉變成驚嚇，太厲害了。他往前走了一小步，站到納十面前的時候，支支吾吾地發出可愛又令人憐愛的聲音，完全就像是真實的南茶，活生生地從書裡面跳了出來。

「肯……肯特學長。」

「那個……我……抱……」

邇頤演的南茶口吃得非常嚴重……我透過鏡頭看，竟也跟著感到不好意思。

就在這一瞬間，邇頤突然向前用力地抱了一下納十的腰，因為他的身材嬌小，所以對方不怎麼感到震撼。鏡頭對準了邇頤紅通通的臉頰，臉紅得非常自然，使得我暗暗妄加揣測，他可能是真的在害羞，因為觸碰到了他暗戀的朋友。

「我……」

「卡！」

我嚇了一跳，坐在一旁的邁先生突然間拿起大聲公叫喊，我耳膜差點就要被震破了。

現場即刻安靜下來，所有的工作人員還有助理，全都轉過來看向劇組裡面最有權力的一個人。他眉頭緊蹙，擺出臭臉，有些人訝異地豎起眉毛，有些人則是戰戰兢兢地怕被波及到。

「不可以、不可以，看起來還是有點太過刻意了，瀰頤的情緒還要再收一點，至於納十，在被抱住的一瞬間要稍微緊繃一點，我知道要演出BL電視劇是有點困難，但是差不多快要到位了，重來、重來。」

哇嗚……真不敢置信，就剛剛的演出，我完全抓不出邁先生剛剛指出的瑕疵，相信有些劇組人員也是這麼想，因為他們臉上起先也露出困惑的表情。

「哈哈，這樣子看我是什麼意思啊？基因先生。」

因為我忍不住以敬佩的眼神看邁先生，對方似乎是感受到了，也能看穿我的想法，眉開眼笑地看著我，胸部挺得老高。

看樣子是一心想要等待我的評論，我順勢誇讚了一句，當然了，我只是陳述自己真實的想法：「太厲害了，非常的專業。」

僅僅這一句話，邁先生就發出滿意的笑聲：「這是當然的嘍！早就告訴過你了，我不會讓基因先生後悔來讓我協助指導這部電視劇。」

他厚實的大手舉起來重重地拍在我的肩膀上。

邁先生似乎又變得更積極了，舉起大聲公大喊大叫，讓大家準備繼續拍攝。

「歡迎場景二，幕一，停拍一，拍攝四！」

下午四、五點，陽光微弱的天空已經昏暗許多，再過不了多久就會全部變得一片漆黑，要拍攝完所有表定的場景，幾個鐘頭是跑不掉的，而且我也是第一次這樣跟著劇組從頭看到尾。

見整個團隊這麼努力地互相幫助，我覺得很感激。即便邁先生有的時候太過熱情，可是他在指導以及拍攝的各種手法上，是真的很優秀，我坐在鏡頭後面看了很久，自己也開始享受地看著演員演出不同的劇本場景，所以好幾個鐘頭都坐在那邊沒有離開過。

以前看的時候，自己都覺得不好意思，但是現在竟然覺得很有趣，完全移不開視線。

一拍完戲，我就趕緊離開去找達姆；在這之前早就看到他了，但是他沒有過來打招呼。

有人說他現在和納十待在演員更衣室裡面，所以特地來邀請他一起共進晚餐。

「達姆。」

達姆坐在椅子上滑手機，一聽到我叫喚就抬起頭來看。「喔，是基因。太不尋常了，你今天竟然待到最後。」

「嗯，很好玩。」

「因為我家那孩子演得很好吧？」

我頓了頓。「……每個人都演得很好。」

「吼，特別誇獎讓我開心一下也不行？」

我看了看眼前這個人，他看起來不怎麼認真地幫自家孩子抱屈，接著看了看四周圍，找不到那個熟悉的身影，開口問：「你家的孩子現在在哪？」

「在後面那邊換衣服。」

他指向房間的某個角落。

這間鋪著地毯的房間為四方形，位於建築物的二樓，是由劇組向大學租借的。

這裡原本是一間教室，部分桌椅還留在原處，只有一些被抬起來堆到牆角，方便堆放雜物。角落架了一片不透明的布簾，讓演員們可以在那裡更換衣物。

「剛剛他還在問你，十跟你住得越久，越是黏著你啊。」

「黏我個屁啊？」

達姆看到我的臉色古怪，咯咯笑了起來。「看你們那麼合得來，我也感到很欣慰，我家的孩子可不是那麼容易就跟別人親近的。對了……讓他一直住下去當你的室友可以嗎？」

「別開玩笑了。」我立刻回嘴。「一個月，是你自己講的，別忘了，現在就只剩下一個星期了。」

「吼，十那個孩子看起來也沒有造成你很大的困擾，不能幫幫他嗎？」

達姆的話使我沉默半晌，最後我把視線掃向另外一邊，要再次開口回答這個問題，實在是非常為難的一件事情——

「我不習慣……不是我不想要幫忙。」

納十確實是沒有造成我的困擾，而且還是一位非常可愛的住客，但是我一個人住很久了，就算已經開始習慣有人跟我住在同一個屋簷下，但是我更習慣先前自己一個人住的模式。

「住久了你就習慣了。」

「我寫小……」

我還沒來得及解釋完，拉動布簾的聲音就響了起來，我跟達姆的注意力立刻被吸引過去。

納十已經卸好妝也換好衣服了，現在的狀態就是我所熟悉的納十。排練了好幾個鐘頭的戲之後，此刻的他眉頭微蹙，不知道是不是因為疲倦還是想睡覺，一看到那副模樣就有點同情他。

要去學校上課，然後還得繼續工作……

「納十。」我招了招手。

對方順從地走過來，雖然走路的姿態和平常一樣，像極了高傲謹慎的王子，但還是比平常要慢。我不禁搖了搖頭，十八號真的不太適合這樣子強迫、虐待自己。

到底撐不撐得住啊？千萬別生病或者是不舒服啊……我可不想要照顧病患呀。

「累了嗎？」

我抬起手貼在他的額頭上面測量體溫，或許是動作太過突然，所以讓對方嚇了一跳，高眺勻稱的身軀稍微震了一下。

「抱歉，我以為你都沒有休息所以生病了。」我一說完就準備把手抽回來，但還沒來得及動作，手腕就先被納十厚實的大手抓住了，這次換成是我嚇了一跳。

「我也不曉得，基因先生幫我看看。」

納十把我的手抓過去貼在他自己的臉頰上，這次我仔細地順著他的臉龐移動，再往下貼在他脖子上面確認溫度。「嗯，應該是沒有發燒，回去之後就好好休息一下，明天剛好是週六。」

「嗯。」

「餓了嗎？」

「有一點。」

「那就一起去吃飯吧，想吃什麼？」

「基因先生想要吃什麼呢？讓基因先生決定。」

「今天不用順著我的意思，讓你來決定，快點想。」

聽到我這麼說，納十沉默了下來，最後說了一間餐廳的名字，語氣更像是在提議。我今天本來就是想要慰勞一下疲累的納十，所以二話不說地點點頭。我轉過頭去看達姆，讓他趕緊把東西收拾一下才能早點出發，但他的表情讓我豎起了眉毛。

「你怎麼一臉痴呆的樣子？」

他一臉困惑看著我，接著把視線轉向他自己的孩子，眼睛幾乎眨也不眨。

「是什麼情況？」由於他完全不回應，我就轉過去問納十。

「我也不知道。」

「達姆，停止繼續裝出那種愚蠢的臉了，我餓了。」

我舉起手作勢要把手指插到他眼睛裡面，他這才回過神，立刻把張大的嘴閉上，接著又再次張大了嘴，就這樣開開合合好一陣子，最後才找回聲音。

「你說誰的臉愚蠢？我只是……」

「只是？」

「只是……」達姆的表情還是不大對勁，但是最後搖了搖頭。「隨便啦！去吃飯，去吃飯。」

數到九

「嗝——超飽。」

我刷了感應卡打開門走進去，一屁股坐在沙發上面伸展手腳。待在乾淨清新的屋子裡，就越能夠聞到炭火燒烤的濃烈氣味，這些氣味附著在我的衣服還有臉上，讓我整個人都不太舒服，但由於肚子還很撐，所以還不想起身去洗澡。

「臭……」

「先把外面的衣服脫掉吧。」納十從後面跟上來，站到我的面前，彎下身幫我拉開外套拉鍊。
我望著他厚實的手，那修長漂亮的手指慢慢地往下移動，拉下拉鍊之後乖巧地幫我脫下外套。
我盯著他用那雙手把衣服放進籃子裡面，懶洋洋地問：「明天是週六，有戲要拍嗎？」
「沒有。」
「喔！」
明天我跟達姆他們有一場小酌聚會，上次那傢伙有事先詢問我方便的時間，最後決定訂在週六晚上九點之後，地點選在某一間飯店的貴賓室。幾個鐘頭前在吃烤肉的時候，達姆曾說過阿哆在這間飯店工作，所以訂了一間貴賓室，甚至還可以享有九折優惠。
已經很久沒有喝酒了，而且還可以跟老朋友碰面，我也覺得特別興奮，這兩天我早就先把假日安排好了，至於下個星期……對了！
「納十，納十。」
「嗯？」
「找到房子了嗎？」
「房子？」那張帥氣的臉轉過來看著我，濃眉高高豎起，一副不懂我在說什麼的模樣。「什麼房子？」

這個問題反倒是讓我的眉頭立刻打上一個死結。等一等，下週二就要滿一個月了，看這個樣子，別跟我說……

「還沒有去找嗎？已經要滿一個月了。」

「滿一個月……」低沉的嗓音複誦我的問題，接著他才恍然大悟，臉色立刻大變。

「忘記了嗎？」

「對，我完全忘記了。」

他好像真的忘記了，從他的樣子就能夠看得出來了。

「啊，那你來得及找房子嗎？」

被我這麼一問，納十稍微沉默了一下，好像正在思考。在詢問他的時候，我站在靠近廚房的門邊，看不到他的表情，所以猜不出他的想法以及感受，即便平常也看不太出端倪就是了。

「怎麼了嗎？」當他還是持續保持沉默，我有點擔心地開口問道。

到底該怎麼辦才好？還是我真的得照達姆說的那樣，讓這個孩子繼續住下去？

「嗯，可能得找其他方法了。」

「方法？喔！嗯，還有兩、三天的時間。」

耳裡傳來陣陣的嘆息聲，瞥過去也只看見納十的後腦杓還有強壯的臂膀，他依舊背對著我，我看他這樣也跟著感受到壓力。

我……太過狠心了嗎？

「我住在這邊，令基因先生感到困擾了嗎？」

「咦？」

突然間納十轉頭看向我，慢慢地踱步過來。「我是不是打擾到基因先生了？」

「啊！什麼打擾，我已經說過了，你沒有打擾到我。」

「我住在這裡，基因先生有什麼感覺？」

我愣愣地眨了眨眼睛，看他雖然擺出一張撲克臉，但似乎是堅持要得到答案的模樣。「等等，有什麼感覺？」

「是的。」

「就覺得……」

就覺得納十是個可愛的好孩子，一開始覺得很麻煩，但後來就不這麼覺得了，因為他不像是我一開始設想的那樣，並沒有打擾我或是製造麻煩。

「還不錯。」最後我就只回答了這麼一句。

「還不錯？」

「嗯。」

「只有這樣子嗎？」

「不然還要怎麼樣？非——常棒，你是一個很棒的孩子，這陣子我都不用請清潔工了，優秀！」

納十沉默了好長一段時間，最後竟然輕輕地笑了起來。「基因先生，你啊……」

「……」

「可愛。」

「……」

又再發什麼神經啦。

「ＯＫ，也好，也好。」

或許是已經講成這個樣子，納十原本給人壓力的淡然表情漸漸消失，那雙眸子盯著我看，令人嫉妒的性感嘴唇微微地露出笑意，情緒轉變得太快，我完全跟不上節奏。

不過納十的光環，每次都會讓人很難移開視線。後來他稍微歪了一下頭，似乎很疑惑我為什麼會這樣子盯著他看，我這才趕緊別開視線。

「啊……嗯，還不錯。」

「嗯，還不錯呀。如果能再更多，或許會更好呢。」

他雖然掛著微笑，但是說出來的這番話讓我一頭霧水，我的眉頭還是無法放鬆下來，但我已經懶得再去思考他令人感到困惑的話了，趕緊改變話題：「所以你的房子打算怎麼辦？」

「沒有關係。」

「怎麼會沒有關係？找不到，那你是要去哪裡睡？」

納十笑得更燦爛了。「會擔心嗎？」

「啊，會啊。」

「不用擔心，我說過了沒關係的。」

「確定嗎？」

「確定。」

「OK，如果你都這麼說了，那就這樣吧。」我點點頭。

我現在覺得輕鬆許多了，雖然納十實在是很令人擔心，但是這個孩子又不是只有我一個人照顧，他還有家人、達姆、達姆的姊姊，他們總不可能會放他一個人在外頭徘徊吧。

我準備要回到臥室裡面洗澡，把一身的烤肉味除掉，經過他的時候停頓了一下，側身把頭靠近了一些說道：「剩不了幾天，先整理一下行李吧，才不會太過倉促。」

「不需要。」

「啊，怎麼會不需要？這段期間每天收一點點也好。」

「基因先生這麼急著趕我走？」

「吼！沒有趕你。」我趕緊澄清，就算納十在說這句話的時候是帶著淺淺的微笑，看起來沒有很認真。「我只是讓你先準備好而已，你也不是很閒的人，一下子要去拍電視劇，一下子又得去大學上課。」

納十表示理解，擺出一如既往的笑臉。

我說啊，大半夜的在外面喝喝酒、吃吃飯，對我來說完全不成問題。我常在房間裡與小說為伍，睡覺時間本來就不規律、不怎麼正常了，睡著的時候通常是在早上，因此週六一整天我都賴在柔軟的床上，醒來的時候已經是七點多了，有充足的精力可以四處跑跳。

我睜開眼睛的第一件事情，就是伸長脖子看向門縫，想知道納十到底在不在，但看見外頭一片漆黑，所以猜測那個人可能是去外面玩了，不然就是在房間裡面睡覺。

我躺在床上又玩了一段時間的手機，過了一個鐘頭之後才慢慢起身梳妝打扮。聚會的地點是在飯店的貴賓室，因此選擇了比較正式的時尚套裝，搭配上顏色美觀的襯衫。帶上隨身物品之後，我走到鞋架前挑選鞋子。

納十的鞋子消失了一雙……喔！他去外面了。

正當我在穿鞋子的時候，放在褲子口袋裡面的手機響了起來，嚇了我一大跳。我拿起來看了一下，螢幕上顯示「媽」這個字，我納悶地皺起眉頭。

「喂？」

「在做什麼，嗯？」

很有個人特色的聲音傳來，讓我不禁揚起嘴角，停下穿鞋子的動作，移動一下身體，把腰靠在鞋櫃上面。

「怎麼又睡到現在了？」

「兩個小時之前就醒來了，正準備出去外面找東西吃。」

「現在才要出去外面吃飯？」

「對啊，正要關上大門呢。」

「調整一下作息時間比較好，基因，哪有人像你這樣在睡覺的時間醒過來的？」電話才講不到五分鐘，媽又開始抱怨了。

「因為我在寫小說嘛。」

「不用找藉口，寫小說白天也可以。」

媽媽抱怨的聲音包含了滿滿的關懷，並沒有讓我感覺到任何的不快，我含糊地一笑帶過，她才不會想太多。「吼，媽不曾這樣子過嗎？大半夜的醒過來，頭腦非常清晰。」

「媽媽沒有過。」

「是不是老了？」

「給我等一下，你要是在媽旁邊，媽就敲傻你。」

哇！自從媽媽買了平板電腦之後，用詞就新潮了許多。

我笑得很開懷。「那最近怎麼樣？外公呢？有沒有比較好一點了？」

「回來之後就可以走路了，自從上次基因去照顧他之後，就一直在問你什麼時候會再過來看他。」

「喔……」

我雖然常常會發送 LINE 訊息詢問狀況，但是卻沒有過去看他。

其實我現在跟親戚們並不太親近，以前還常常到親戚家玩，但是長大之後，有自己需要負責的工作，彼此之間就越來越像陌生人。

「什麼時候才能夠回來呢？」
「媽，不要講得好像我是那種有家不歸的人好嗎？」
「那到底回不回來？」
「回——回回回。」
「要兌現你的承諾，我早上跟甌恩阿姨去做有氧運動，甌恩阿姨每天都問起你。」
「甌恩阿姨？喔！我也很久沒有去找甌恩阿姨了。」
「嗯，有空回來啊，回來之前發個 LINE 訊息通知媽媽一下。」
「媽媽要做飯等我是嗎？」
「不是，媽媽要託你去排隊買常吃的那家甜蛋絲回來。」
我故意沉默，假裝在生悶氣，媽媽這才趕緊哄說會做我最愛的魚鰾清湯，聽到這番話之後我才咯咯笑了出來。她老人家又問了一些日常問題後，最後才掛上電話去看八點檔了。
由於剛醒過來沒多久，原本腦子還迷迷糊糊的，但是跟媽媽聊過之後，心情好了不少，也清醒不少。我並沒有透露是要出去跟大學老朋友聚會，只說了是要到外面找東西吃，就算已經長大成人了，年紀也一大把了，但我很清楚媽媽還是會像往常一樣擔心我……改天真的得回家一趟了。

我才剛上車，達姆就打過來通知說他跟其他人已經到了，聚會時間被提前了將近三十分鐘，看來他們也非常的興奮急躁。

從公寓前往飯店相當的遠，就算我是最後一個抵達的人，但也把時間控制得很好，並沒有超過原本約定的時間。

「基因來了，基因來了！」

「基因。」

「是基因耶。」

一打開門，第一聲大叫是來自於達姆，接著其他朋友也陸陸續續地跟我打招呼。

能看到老朋友們，我也是眉開眼笑。「怎樣？」

「好久不見了，過來，坐坐，先點東西再聊天，你吃過飯了沒有？」這個特別關照我的人是阿哆，他就在這間飯店工作，而且還幫我們拿到貴賓室的九折優惠。

他穿了一套很正式的西裝，剪成短髮，造型比大學的時候要整齊多了。記得他以前是個愛搞笑的人，非常懶且不喜歡學習，但是看看現在的他，裝扮得有模有樣，而且工作很穩定，太令人嫉妒了。

他左手邊的這位是菀，曾經是一個常穿著百褶裙加上帆布鞋，個性大剌刺的女性，今天竟然穿了洋裝。看她跟阿哆手牽著手，原來達姆說他們在交往的事情是真的。

我和達姆以前並不在同一個朋友群裡面，他們三個人是一個群體的，和我一個群體的好朋友也在，但是我跟大家都能夠合得來，互相認識，誰約去哪裡就去，透過達姆的穿針引線，跟大家都還挺熟識的。

「還沒，我剛睡醒而已。」

「吼，你爹的怎麼睡到現在啊？」吉姆說道。這個人是改變最少的一個，他只有稍微打扮，輪廓深邃的臉上蓄了一些鬍子。「一醒來就喝酒，真是大快人心。」

「神經病，還會點其他的東西吃啦。」

我指向阿哆手上那本深黑色的菜單，飲品的部分讓他來安排，我則是指著菜單加點了一些Tapas（註4）、Canape（註5），因為不太想要在空腹的情況下喝酒。

「你還沒來之前我們先跟達姆聊過了，他說你的工作是寫小說，過太爽

註4 適合一口食用的西班牙小點心。
註5 小型的食物，像是小餅乾、麵包，或者是上面放了一些起司、塗上奶油的薄餅等等。

了。」

「只有待在家裡這一點爽，但是在寫作的時候壓力很大。」

「達姆說你的小說非常有名，還被買下版權製作成電視劇。」菀繼續說道。

「嗯。」

「是同性戀小說……」

「……喂。」在達姆還沒說完之前，我立刻出聲打斷。

達姆你這個畜生！我轉向身旁那個口無遮攔的傢伙，抬腳踢了他一下。

雖然面對其他人我不太會覺得羞恥，但如果對象是朋友，我的臉皮還是很薄的。

「說得太忘我了，嘿嘿。」

「忘你老爸，如果有刀子我一定捅到你眼鏡裂開。」

「好凶喔。」阿哆聽了噗哧一笑。

「而且啊，聽說小納十還出演男主角耶。」

「納十？」我稍微揚起眉毛。「喔！對。」

「我等著看，什麼時候上映告訴我一下。」

「再發 LINE 跟妳說。」

「太好了，這還是小納十的第一部電視劇呢，正巧是基因的作品。」

在這之後，菀又扯了一堆有關納十的事情，我這才知道，這群朋友已經見過納十好幾次。她一連說了好幾分鐘，說到連男朋友阿哆都要吹鬍子瞪眼了。

「幹什麼一直在講那個臭小孩的事情？基因好不容易來跟我們聚會，我們聊基因的事比較好吧。」

「臭哆，我不許你欺負我的小納十！」

「哪裡欺負了？帥在哪……喔！」

說完他們又是一番激烈爭執。

菀剛才提到納十的事情，都是在講他的長相還有演出，我其實不大感興趣。或許是因為我跟納十住在一起的關係，這些事情早就司空見慣了，我反而對大家在大學畢業之後的生活比較感興趣，一聊到過往的事情，大夥在貴賓室裡面笑得樂不可支。

「再來一杯，等一下我自己出錢。」

「那下一杯算我的！伏特加跟什麼好？弄好一點啊！說不定酒精發作之後就能夠想出BL小說的情節了。」

我差點把酒噴出來，瞬間強行嚥下的後勁很強烈。「幹！吉姆，要不是你說要請客，下一個被我捅的人就是你。」

要被捅的那個人搔搔頭。「喔唷，我剛剛這樣說不過是開你玩笑。」

「瘋瘋癲癲的。」

「說到這件事，我可以問嗎？不要生我的氣喔。」阿哆把杯子放在桌上。「你是什麼時候改變性取向的？大學的時候雖然沒有看過你交女朋友，但你不是也跟我們一起去找過女人嗎？還是說畢業之後你就有小男友了？」

小男友？我睜大雙眼。「畜生！我才不是咧。」

「啊！但是你不是在寫……」

「寫不代表我就是啊，妖孽！男人就不能寫這類型的小說嗎？」

「不是不可以，但是我還沒有看過。」

「我這不就是了嗎？」

「你的話又更難想像了。」

阿哆露出困惑的神情，當我把來龍去脈解釋給他聽之後，他的表情變得很複雜，語氣中夾帶著同情。

「寫自己不擅長的風格，被別人強迫還得唯命是從，你ＯＫ啊？」

「別人沒有強迫我，我是為了生存下去才勉強自己的。」

「嗯哼，情有可原。但是已經夠了、夠了、夠了，這件事情已經夠了，有什麼壓力就喝下去，盡興地喝，明天是星期日，來來來。」

一說完，他就把服務人員剛剛送進來的酒遞上來。

我們坐著繼續聊，喝光的酒杯數還有吃掉的食物越來越多，倘若不是服務人員事先收走一些，桌上的情況可能就是杯盤狼藉了。因為已經好幾年沒有見到面，當我們聊完一個話題後，另一個新話題又會輕易地開啟，我們邊聊邊喝，我開心到忘了自己到底喝了幾杯。

原本意識還很清晰，但接著頭開始暈眩，到後來只有模糊的印象。那些朋友好像一直在慫恿我一杯接著一杯喝，我緩緩地順勢倒在椅子上。

「基因，來。」

「夠了吧！平常他就不太喝的人，現在都要變成一條蛇了。」

「我還行，來來。」

「夠了，他已經醉了，麻煩得要死。」

……分不清楚到底是誰在說話，只聽見嘰嘰喳喳不斷交談的聲音，好像有人抓住我的手，塞進一個冰涼的酒杯，但我才碰了一下就被搶走，然後又再被塞進一個酒杯。

「來！」

我沒有拒絕，立刻舉杯貼在嘴唇上面，才喝了一點點，酒杯又被搶走了。

「阿哆你這個畜生！那現在誰要送他回去？要開個房間給他睡也不便宜

啊。」

「你就送他一程啊。」

「幹，我今天沒有開車過來，你不是也知道？」

「那就先開基因的車吧。」

「那樣也行，但是明天我有急事，得搭飛機到象島看孩子們拍攝，沒有時間開回來還他。」

聽見身邊的人很困擾的交談聲，我忍不住開口說道：「達姆你是怎樣？這樣說是我太過麻煩你了嗎？」

我以為自己的聲音會很強硬，但實際上語氣卻拖得有點長，像個沒有力氣的人。因為眼皮很沉重，我只能看到達姆半張臉。「就只是開到我的公寓而已，你把人丟過來給我的時候我都還沒說你呢。」

「嚇！不麻煩，不麻煩，你從來沒有麻煩過我，但是我沒有開車過來嘛。」

「哈？」我的眉毛稍微抽動一下。「你把車子賣掉了嗎？」

「嗯，不是，我沒有賣掉，只是被我姊公司的助理借去使用而已。」

「真可惜，你說過那輛車子是你存了很久的錢才買到的，為什麼要賣了呢？」

「我沒有賣——」

我把身體移向他，但是不想要使力，所以抓住他的手之後，整個人倒在他身上。當我的皮膚觸碰到他溫熱的肌膚時，幾乎要燒起來了。

「喔唷，哈哈，基因，我會癢，先坐好，畜生。」

「達姆，好孩子……好孩子，我愛你。」

「……」

「為什麼不說話了……你是不愛我嗎？」

「沒有、沒有，當然愛，我愛你。」他回覆，抬起手來在我頭上拍了又拍。

這番令人滿意的回覆，讓我心情愉悅地輕笑了起來，聽到吉姆的笑聲穿插進來之後又更覺得搞笑，話說……是在笑什麼？

「這個基因實在是太厲害了，還是跟以前一樣可以醉得這麼弱智，一下子生氣，一下子大笑，是因為這樣才能當作者嗎？」

「我說，趕緊帶他回去吧。」

「嗯，基因，回家吧。」達姆轉過來叫我。

「嗯？回家？嗯，回家也行。」

「你先跟吉姆一起回去喔，之後再回來取車。ＯＫ嗎？等會兒阿哆會跟警衛知會一下。」

「可以、可以，來喝！」

「不、不，基因，別喝了，把杯子拿過來！」某個人邊說邊靠過來，把我手中的東西強行取走，我的肩膀不輕不重地被壓制著，只能靠坐在椅子上。

「等一下讓吉姆接送你，我已經把地址跟他說了，到了之後把感應卡拿給他喔。」

「吉姆？誰是吉姆？吉姆沒有我的感應卡……」我緩緩地搖了搖頭。「但是十八號有。」

「十八號？誰啊？」

「不曉得，出版社的後輩嗎？」

「不要吉姆，我要打電話叫十八號來接我。」一說完，我就拉開那隻壓在我肩膀上面的手，接著再把自己軟趴趴的手伸到桌子上，抓起手機熟練地掃描指紋。

沉重的眼皮使得我看不太清楚螢幕畫面，但還是成功地進入通訊紀錄頁面，點選其中一筆通話的號碼。

「十八號，喔，怎麼還不接電話。」

「基因，你行不行啊？」

我不理會朋友們的抱怨還有眼光，聽到嘟嘟幾聲之後，電話就被接聽起來了，那低沉有特色的聲音喊了我的名字，我立刻咧嘴燦笑。

「基因先生。」

「十。」

「你說什麼？你現在在……」

「來接我一下。」

當我一說完，電話那頭沉默片刻，似乎是感到很訝異。

「你現在跟誰在一起？在哪？」

「跟那個……嗯，是誰呢？」

「你喝醉了嗎？」

「醉？沒有，我沒醉。」

「你已經醉了，所以到底在哪裡？」

「在飯店裡面……」

「飯店？在飯店裡面？跟誰？」

「就達姆啊。」

「達姆哥？」納十性感的聲音呢喃著回覆。「那要回來了嗎？」

「嗯。」

「等一下我自己發 LINE 訊息問達姆哥，基因先生就不要再喝了，知道了嗎？」

「嗯——」我拉長了聲音回覆。一聽到十八號擔憂的提醒聲，我就乖乖地聽從指示，內心其實還想要再聊一下；但是當我轉過頭去看向一臉困惑的達姆，他的樣子不禁讓我覺得好笑，忍不住笑了出來，順勢放下手機，所以也不曉得電話到底是什麼時候掛斷的。

「一臉衰相。」

「十八號是……我家那孩子嗎？」

「什麼啦！十八號就是十八號啊。」

「所以才要去寫……」

「嗯。」

「我壓力好大。」

「嗯嗯嗯。」

「哈哈哈。」

「什麼鬼壓力還笑得出來？三分鐘四種情緒，真糟糕。」被我強迫靠坐在一旁聊天的達姆嘟囔著，拿起一杯白開水遞到我面前，那是菀很早之前就放在那邊的。「喝點水吧，多喝一點。」

我別過臉逃避。「不喝了，等一下我會想尿尿。」

「想尿尿好啊！才能把一些酒精排出來，你是怎樣……就只有你一個人在發酒瘋。剛剛被灌酒還喝得滿爽快的，現在才來麻煩我。」達姆還是不停地在抱怨，他努力不懈地強迫我喝水，逼得我只得轉頭逃避。「吼，灑出來了、灑出來了，等一下會灑光光，該死，喔！吉姆講電話怎麼講那麼久？那些傢伙每個都有事，都腳底抹油先溜回家了，一群狗蝨子。」

「誰是狗蝨子。」

「反正不是在講你，不要這樣子看我，喔，喝水。」

「不要。」

「基因，如果你肯喝水，你就會變成天使蝨子；但要是你不喝，你就會跟阿哆一樣變成狗蝨子哦。」

聽達姆這麼一說，我又笑了出來。他現在露出一副很焦慮的表情，壓力大到上嘴脣都要貼到鼻子了，看起來太過搞笑，不管看幾次都會令人發笑，他甚至還在扯些什麼蝨子、貓貓狗狗的。

「好好坐著啦，你是沒有骨頭還是怎樣？不要再黏到我背上了啦。」達姆移動一下身體，伸出一隻手來把我的腰扶正，讓我坐直。因為他的手壓在我肚子上面，差點讓我把剛剛吃的東西吐出來。

「想吐。」我的眉頭都要打結了。

「嚇！不要啊，畜生，去洗手間……」

「達姆哥。」

達姆吵吵嚷嚷的話都還沒說完，貴賓室大門開啟的聲音以及呼喊聲反倒是先插了進來。我沒有轉過去看，因為覺得身體有氣無力，連動一下都很吃力。房間裡面的空調很冷，我只想要靠著達姆取暖。

達姆的手依舊緊貼我，突然之間，有誰把我拉了過去，達姆壓在我肚子上面的力道瞬間消失，取而代之的是另一隻強健的手臂輕輕地扶著我，但是那力道足以支撐我，不會讓我倒下去，肌膚接觸到的地方比原先的要更溫熱，使得我原本想要嘔吐的症狀即刻消失無蹤。

當我一側過臉就看見對方有型的下巴，把眼神再往上移動一些，就記起了這張帥氣的臉龐是達姆家的孩子。

「十八號……你怎麼會過來？」

十八號的臉一開始看起來像是冰雕一樣，冷酷得令人哆嗦，但是當他的眼神對上我之後，表情逐漸變得溫柔。「基因先生自己打電話叫我來接你的不是嗎？」

「喔，是嗎？」

「……」

「喔！真的耶。」

「那為什麼會醉成這樣？」

「不曉得，達姆他……」我本來是想要說，達姆約我來找朋友，但是當我一轉向達姆，看見他的表情不知道何時從原本的不滿變成了驚嚇，像是看到鬼一樣，看著又越發讓人覺得搞笑，我話都還沒說完就笑了出來。

「達姆哥讓你喝的？」

達姆瞪大雙眼。「嚇！完全不是這樣，是我的朋友們，不是我。」

「喝成這個樣子，還沒醉之前就應該要阻止他了，不是嗎？」

「嗯，這樣說是沒有錯啦，就……我們很久沒有見面了，所以他特別的開心嘛。」達姆眉頭稍微皺了一下。「既然基因已經打電話讓你過來接他了，你就把他帶回去休息吧。你跟他住在同一間公寓裡面，比起我還有我朋友要來得更方便。基因只要喝醉了就會變成這樣，話比較多一點，一下子生氣、一下子笑，你就忍耐一下吧，如果覺得很麻煩，一回到公寓就把他丟在床上就行了……為什麼要這樣子看我？」

納十微微地揚起嘴角，但是整張臉跟眼神都沒有笑意。「話比較多的人應該是你吧。」

「哈？」

「我開車過來的，基因先生的車就讓你開回公寓吧。」

「嚇！明天我有事情要去其他府。」

「去之前開回來就行了，把鑰匙放在櫃檯，我再下去拿。」

「你這個孩子真的是要求很多，好啦，明天拿去櫃檯之後就發 LINE 通知你，那現在……」

我聽著達姆跟納十一來一往的對話，身體自然地靠在納十的胸膛上，但當我一移動，他就立刻伸出左手抓住我，像是在提醒我要靜靜地待著，似乎是怕我推開他。

「沒事了，你帶基因回去吧，小心開車，就這樣。」

「好。」

接著，納十就帶著我離開飯店貴賓室，搭上電梯直達地下室。過程有一些混亂，因為我的意識還沒有完全恢復，再加上酒精開始發揮作用，我除了瘋瘋癲癲地露出微笑之外，還不斷地發出笑聲，就連不怎麼好笑的事情都可以笑出來，就連現在納十像是在扛東西般扶著我的樣子，我也覺得很好笑。

我們從連接著飯店的會客大廳以及停車場的大門走出來，這個地方沒有半個人，只有我跟納十，只聽得到我們腳步衝擊在地板上的聲音。

「基因先生如果一直這樣子笑，那我就要抱你了喔。」

「嗯？」

「不想要讓我抱對嗎？那麼你就要好好地走，再一下子就到車上了。」

「抱也可以。」

「……」

「我剛好也懶得走路了。」

「……」

「才能……啊。」我本來要說出來的句子變成了輕微的驚嘆聲，原本扶著我的納十突然間停下腳步，把我的身體轉過來，與他面對面，接著他真的用兩隻手臂把我抱了起來。

不曉得是一切發生得太快，或者是酒精讓大腦運轉遲緩，在我發覺到身體飄浮起來之前，納十已經往前走了好幾步，比起我自己走得亂七八糟要來得快多了。

我的眼皮撐開了一些，抬起頭凝視著對方。

「為什麼盯著我看？基因先生叫我抱你的不是嗎？」

「不是，我正在想，你竟然抱得動。」

「抱不動。」

這番話讓我一頭霧水，但納十卻立刻笑了出來。「所以，假如不想要掉下去撞到地板，那就緊緊地抱著我的脖子。」

我一想到自己會跌坐在硬硬的地板上，雙手就立刻伸出去環繞在納十的脖子上。

納十依舊穩穩地向前走，只是比原先來得慢一些，因為還得支撐我，防止我滑落。我的鼻頭差點就要撞上納十的下巴了，我死盯著那張臉不放，就算納十比我高了十幾公分，但我們都是男人，他竟然有辦法抱得動我，我心裡對他讚賞不已。

或許是因為我太過明目張膽地盯著他好一段時間，納十這才低下頭看著我的眼睛，對我露出一個迷人的笑容。

「等一下請你喝酒答謝你。」

一聽到我這麼說，他的表情立刻變得很嚴厲。「已經夠了，怎麼一直喝。」我還來不及回覆，納十就停下來，慢慢地把我放下，直到我的腳踏上地板。由於在沒有什麼力氣的情況下得靠自己站直，我的臉稍微皺了起來，伸出手去抓著納十的手臂，他也沒有說什麼，而是用另外一隻手從褲子口袋裡面拿出鑰匙，打開車鎖，然後開門讓我坐進去。

空氣芳香劑清新的味道與真皮坐墊的味道混合在一起，飄進我的鼻子裡，當我的背部一碰到座椅，就立刻放鬆緊繃的身體；無法完全撐開的眼睛看了看四周，昂貴的名車裡面到處都像是在熠熠閃亮。

「你的車子嗎？」當納十在方向盤前面坐定之後，我就喃喃自語。「你沒有車的。」

「喝醉了記性還這麼好。」

「當然。」

聽到有人誇獎，雖然我的大腦不聽使喚，但還是咧嘴露出了笑容，當我把臉轉向旁邊，就看到納十嘴角也微微上揚。他沒有看向我，而是望向前方，手抓著排檔，正準備把車子駛離停車場。

雖然喝完酒已經過了好一陣子了，但有些時候還是會覺得頭昏昏沉沉的。我的座椅被納十向後調得相當低，可以看見一盞盞不斷閃過的路燈，看久了覺得非常的無趣，所以又把視線轉向其他地方。

在車子控制臺的前方，擺設一隻上頭覆蓋著米色絲絨的小型塑膠熊，這個裝飾品跟車子的風格不搭，但我覺得很可愛，所以就伸出手去又抓又捏的。

「基因先生，不要調皮。」

我皺著眉頭，覺得被制止有一點不高興。「為什麼？」

「不為什麼，喝醉了就乖乖地坐好。」

「擔心啊？女朋友給你的？」

「是扯到哪裡了？」低沉溫柔的嗓音夾雜著一絲無奈。「因為基因先生調皮，我才會特別說的。」

我不在意納十把我說得像是一個孩子一樣，反而眨著眼睛轉向一旁，動了一下，把手肘放置在扶手上，為了讓身體更加傾斜一點，才能看清楚對方。

「那麼女朋友給過你什麼東西？我要拿來當作初稿的素材。」

「基因先生跟我住了將近一個月，難道還看不出來我有沒有女朋友嗎？」

「一定有。」

「……」

我看見那雙濃眉稍微豎了起來，似乎對於這番話很訝異，所以我燦笑著解釋，雖然我有些口齒不清，但是心情很好：「你長得很好看，長得好看的人大多都有女朋友了，就連石頭也喜歡你。如果他知道你的女朋友是誰，肯定會心碎。」

「是嗎？那基因先生呢？」

「嗯？」

「喜歡我嗎……」

「喜歡。」我立刻回答，甚至連問題都還沒有聽完。「初次見到你的時候，我還心跳加速呢。」

納十又再次沉默下來，當我把視線飄向他，發現那張讓我初次見面就心跳加速的帥氣臉龐掛著淺淺微笑。納十對我笑了笑，但不曉得為什麼這次給我的感覺很不一樣，原本已經很愉悅的情緒變得更加喜不自勝，我一瞬不瞬地盯著那張臉。

我無法控制自己的行為，血液流動得很快，心臟跳得很急，在酒精的推波助瀾之下，那股情緒又更加強烈了。

「你是個好孩子，之前在初稿那件事情上還幫過我。」

「……」

「你曾說過要試試看才會知道，我知道這是真的，要不然編輯不會跟我說，我寫得更加的寫實了。」

「……」

「很棒的孩子。」

我誇個不停，發現納十的表情稍微改變了，我像個弱智的人一樣笑了出來，但是還來不及繼續說些什麼，就聽見了輕輕的笑聲。

納十的表情很怪異，剛剛明明還在笑我……

「笑什麼？」

「笑基因先生。」

聽到這麼直接的回應，我嘴巴張得大大的。一直以來被我視為是個好孩子的人這麼直言不諱地回應，又或許是因為腦袋還沒有清醒過來，笑容隨即消失無蹤，原本的好心情迅即變成了不悅。一旦心情好，我就很容易笑得出來，可是一旦覺得心情不好，就會不由自主地生悶氣。

我的腳不高興地動來動去。「我到底有什麼讓你覺得好笑的？」

不曉得是不是我眼花了，才會看見對方的嘴角翹得比原先還要高，更讓我心煩意亂。

「操，不准笑。」

「這是可以控制的嗎？」

一直以來，我所認識的納十是這個樣子的嗎……不曉得為什麼，我現在竟然想不起來，只能猛盯著那張掛著笑意的帥氣臉龐，對方甚至還轉過來與我四目相交。

「我怎麼會知道？但是不准你笑就是不准你笑。」我的聲音斬釘截鐵。「為什麼會覺得我沒有能耐寫，所以才會一直依賴你的幫助？」

「嗯？我看起來像是那種人嗎？」

「……」

見我沉默不語，納十收斂起那副欠揍的笑臉，轉變成原本令我熟悉的淺笑。

「因為我知道基因先生對那方面的事情不怎麼熟悉，如果能夠幫助到你，想什麼時候讓我幫忙儘管說。」

幹麼？這是在安慰我嗎？

聽到這一席話，我動了動身體，望向另一邊。由於身體轉動得太快，頭有一點點暈眩，連忙把身體靠向高級座椅上，閉上眼睛之後，就連一句話也不再回覆。

但是如果納十稍微轉過來看向我，就會發現我的眉頭還是深鎖的。假如他能夠看穿我的心……就會知道，我從今以後得盡可能地離他遠一點。

我以為酒意已經退了許多，卻不明白為什麼完全無法控制自己的表情還有嘴巴，心裡一想到什麼，表情就完全透露出一切。

因此我選擇低下頭，但是我一低下頭，頭暈的不適感又再次襲來，納十把我從車上攙扶下來之後，不可避免地又是一陣顛簸，我差點要把臉撞在門框上了。

「小心一點。」

「抱一下。」

「……」

「我不想走了，像剛剛那樣抱我好了。」

不曉得我說話的語氣聽起來怎樣，不過納十原本攙扶在我腰上的溫熱大手迅速地滑到我的膝蓋後方，像剛剛那樣把我抱了起來，不需要他開口提醒，我馬上把雙臂緊緊地攬在他的脖子上。

我任憑納十抱著我這個跟水牛一樣龐大的男人，只有幫忙拿出感應卡解開門鎖，幸好現在已經很晚了，大樓裡只有會客大廳的燈還開著，不過也只是一盞微弱的橘光而已，四周一點聲音都沒有，因為沒有半個住戶在外頭遊蕩。

「等一下。」

直至回到自己的公寓，納十用腳關上大門，接著繼續移動。

「……」

「直接進去房間。」

我感受到納十有點訝異的情緒，所以把手臂從他的肩膀上放下來，為了轉過去看他的臉。

「沒有聽到嗎？」

「有聽見，但是基因先生不喜歡讓別人進房間不是嗎？」

「我允許你呀。」

聽見我這般口齒不清的允諾，十八號更沒有理由拒絕了，沒有半句怨言地把我送回房間，而我只是盯著對方的一舉一動，從開門到跨進房間都不放過。

「關門。」

納十但笑不語，聽從命令地用肩膀把房門關上。

他抱著我走到床尾，打算把我放下來，這次我非常配合地鬆開雙手，在碰到柔軟舒適的床之後，身心放鬆到幾乎要睡著了。緞面布料光滑涼爽，舒服地讓我吐出一口長氣，但是一想到某件事情，我又睜大眼睛，從床上跳起來。

起身的速度太快，又是一陣暈眩……

「基因先生，要多注意一些。」納十即時靠過來抓住我的手臂。

我搖搖晃晃站著不到幾分鐘，穩住之後就甩開他的手。那件事情我已經想了好一段時間了，一逮到機會就抬起頭盯著納十的眼睛，完全不掩飾笑意跟表情，趁著他凝視我的瞬間將他拉過來，轉身使勁地把人推倒在寬敞的床上。

酒精吸光了我所有的力氣但同時也賦予了勇氣，一旦我那樣做之後，額頭差點就撞上納十的下巴。這場意外要是發生了應該會很痛，實在是太驚悚了，幸好我及時把手撐在納十耳邊的柔軟床上。

「……」

「……」

我凝視著身下那個人銳利的雙眸。

那一秒鐘，電視上方的圓形時鐘的指針聲音顯得格外清晰，我看見面前這個人表情驚嚇地定住不動，暗暗竊笑不已，原來王子也有像這樣沒有形象的時候啊？但我還來不及開口取笑，他那些反應瞬間就消失得無影無蹤，只剩下眉頭微皺的表情。

「想要做什麼？」

我依舊翹著嘴角笑，有一點優越感，索性就一屁股坐在對方結實的腰上。「看了應該就知道了吧。」

「我不知道。」納十帶著微笑搖搖頭。「別玩了，去洗澡比較好，不想睡嗎？」

「我沒有在玩。」

我咯吱咯吱地咬著牙，對方一臉不信的表情不曉得為什麼強烈地挑起我的慾望，移動手去抓住納十的衣服，然後把他拉近自己。「我想要你！」

「……」

這次，納十整個人僵住了。

「不是你自己說的嗎？如果幫得上忙就會幫。」

「嗯，我說的……」

「對吧，就是現在，我——想——要——你。」最後一句話我拉得很長，一字一句說得很清楚。

在納十抱著我進來的時候，他沒有手去打開電燈，而我也沒有去幫忙打開，因此整個房間昏暗不明。幸好我電腦桌旁的窗簾是開著的，所以還有一些微弱的路燈光芒以及其他大樓的光線灑進來。窗戶剛好就對著我們的方向，窗框的影子延伸重疊在身下的這個人身上，這讓納十看起來比平常更加的魅惑。

就在那一瞬間，我看見他張嘴似乎想要說些什麼，我很清楚的知道他是要說些不中聽的話，所以低下頭搶先堵住他的脣，禁止他發出低沉溫柔的嗓音。

我們脣貼著脣，就這樣靜止了一段時間。

等我一退開，回到原來的位置，就看見納十表情痛苦地皺起濃眉，這種表情令我異樣的感到心癢，而且還非常的惱怒，決定低下頭再試一次。

為什麼要露出那種痛苦的表情？這個表情是什麼意思？不滿意？

我的嘴唇再次密合地貼在納十的唇上，因為不像是第一次那樣突兀，所以感覺完全不一樣。這樣溫柔的觸碰，反而產生了細膩的感受，就像是顏色亮麗的蟲子或者是柔軟的毛筆毫毛輕輕地附著在上面，這輕柔的重量不知道怎麼的，竟然快速地鑽進心裡，我隨即停止動作，腦中某一部分感到很困惑。

雖然一時之間還是無法理解，但是身體竟然動了起來，我用自己的嘴磨蹭揉壓著納十的嘴唇，憑藉著以往和別人接吻的經驗，吸吮著他的下唇，依稀記得上次納十也曾經咬過我的下唇，所以牙齒稍微使了點力道，接著放任舌尖拂過，最後才彼此分開。

「為什麼要露出這種表情？」

納十又該死的皺起了眉頭，表情比原先更加痛苦了。

「這些勾引人的話，是從哪本小說裡面學來的？」

「怎麼？只不過是拿……嗯！」我是想要再多說幾句的，但就在開口的瞬間，納十厚實的大手輕捏著我的下巴，引領我低下頭來，他自己也挺身向我貼近。

納十的嘴唇貼在我嘴上，我們已經是第三次唇貼著唇了，但是和原來的感覺又不一樣，因為這次是由納十先開始的。我全身的肌肉像是有電流通過般緊繃了起來，又像是嗑了藥一樣，他溼潤灼熱的舌頭麻痺我的舌頭，當我們的舌尖相互探索纏綿在一起的時候，我只能發出無意識的呻吟。

面前的這個人，用舌頭舔舐過我整個口腔，我全身的汗毛不由自主地豎起，接著他又重新挑逗起我的舌頭，某種感覺驟然從下腹部傳達到腦袋。

「嗯……」

就這樣過了好幾分鐘，直到……

納十把臉側向一邊，溼潤的嘴唇沿著我的臉頰親吻，當他吻到耳朵旁的時候，我情不自禁地向前貼近。忽然我睜大雙眼，因為耳垂被吸吮、啃咬，當他再繼續往上滑動，舌尖就鑽進了耳洞裡面。

「基因先生……」

「嗯？」

「可以回答出你正在做什麼嗎？」

沙啞的嗓音搔得我心頭一癢。

「嗯……」

「如果繼續做下去，會變成怎麼樣我也不曉得。」

「……」

「怎樣？改變心意要去洗澡了嗎？」

他說話的聲音溫柔但是有些顫抖，似乎是在強行忍耐。他陸陸續續又說了好幾句話，嘴唇卻還是不斷地往下移動，落在我的脖子以及肩膀上，我的手並沒有阻止他，只是握緊拳頭抓著他的衣服。

大腦的某一個部分，或許是最深層的意識正在努力地掙扎抵抗，就算我仍舊覺得很困惑，可是嘴巴卻不像是自己的，斬釘截鐵地回覆：

「不！我說過了……我想要你。」

納十沉默地不予以回應，但由於他的頭正埋在我脖子上，所以我看不到他的表情……

數到十就親親你 1

作　　者／Wankling (วาฬกลิ้ง)
繪　　者／KAMUI 710
譯　　者／胡矇
榮譽發行人／黃鎮隆
總　經　理／陳君平
協　　理／洪琇菁
總　編　輯／呂尚燁
執 行 編 輯／陳昭燕
美 術 監 製／沙雲佩
美 術 編 輯／陳又荻
國 際 版 權／黃令歡、梁名儀
企 劃 宣 傳／楊玉如、洪國瑋
文 字 校 對／朱瑩倫
內 文 排 版／謝青秀

國家圖書館出版品預行編目資料

數到十就親親你（一）/ Wankling (วาฬกลิ้ง) 作；
胡矇譯. -- 1 版. -- 臺北市：城邦文化事業股
份有限公司尖端出版：英屬蓋曼群島商家庭
傳媒股份有限公司城邦分公司尖端出版發行，
2021.10-
冊；　公分
譯自：นับสิบจะจูบ
ISBN 978-626-316-097-2（第 1 冊：平裝）

868.257　　110013868

出版／城邦文化事業股份有限公司　尖端出版
台北市 104 中山區民生東路二段 141 號 10 樓
電話：（02）2500-7600　傳真：（02）2500-2683
讀者服務信箱：7novels@mail2.spp.com.tw
發行／英屬蓋曼群島商家庭傳媒股份有限公司城邦分公司　尖端出版
台北市 104 中山區民生東路二段 141 號 10 樓
電話：（02）2500-7600　傳真：（02）2500-1979
劃撥專線：（03）312-4212
戶名：英屬蓋曼群島商家庭傳媒（股）公司城邦分公司
劃撥帳號：50003021
※ 劃撥金額未滿 500 元，請加付掛號郵資 50 元
法律顧問／王子文律師　元禾法律事務所　台北市羅斯福路三段 37 號 15 樓

台灣地區總經銷／中彰投以北（含宜花東）　楨彥有限公司
電話：（02）8919-3369　傳真：（02）8914-5524
雲嘉以南　威信圖書有限公司
（嘉義公司）電話：0800-028-028　傳真：（05）233-3863
（高雄公司）電話：0800-028-028　傳真：（07）373-0087
馬新地區總經銷／城邦（馬新）出版集團 Cite（M）Sdn Bhd
電話：603-9057-8822　傳真：603-9057-6622
E-mail：cite@cite.com.my
香港地區總經銷／城邦（香港）出版集團 Cite（H.K.）Publishing Group Limited
電話：852-2508-6231　傳真：852-2578-9337
E-mail：hkcite@biznetvigator.com

版　次／2021 年 10 月 1 版 1 刷　Printed in Taiwan